CHIANEL
popo
MADEMoiselle

Marjolaine Vialle, notre make-up artist, adore maquiller ! Cependant, elle s'énerve rapidement contre les gens dont la peau regraisse vite... Pas de chance, Natoo, ton sébum te perdra !

On en parle !

Le selfie vintage par Marjorie Le Noan !

Tout en beauté

Bienvenue chez Christine Berrou. Elle vous accueille en peignoir dans sa clinique psychiatrique privée, tous les jours de 9 heures à 26 heures.

Flober qui soutient Éléonore Costes durant son épilation intégrale. Quel gentleman !

L'envers du décor avec Marion Seclin !

Sexy time

Coup de foudre licornesque au Vice Versa Hotel !

Petite « retouche beauté » pour la belle Vanessa Guide qui n'a jamais été aussi en forme !

C'est in !

Adrien Ménielle libère le tigre du Bengale. Ses confortables charentaises le font rugir de plaisir!

Retrouvez-moi !

Sur Youtube pour regarder mes vidéos sur la chaîne « **NATOO VIDEOS** »

Sur Facebook, sur la page « **NATOO** »

Sur Twitter **@NATO_O**

Sur Instagram, sur le compte « **NATOOGRAM** »

Et sur Snapchat, pseudo « **NATOOSTORIES** »

N'hésitez pas à partagez vos photos et impressions sur ce livre avec le hashtag **#ICONNEBYNATOO** ! Hâte de lire vos messages icônniques ! **BISOUS**

Je suis une LICÔNNE

Un shooting photo qui sent bon la joie et la galette de sarrasin ! On se croirait dans les coulisses d'une élection Miss France !

Rubriques

Essayage de style hipster sur la belle personne de Norman

Gael Mectoob et Elliott, une grande histoire d'amitié qui commence ! Ils iront se partager une pinte de bière à l'issue de ce shooting !

Pas de doute, la ressemblance avec Charlize est vraiment frappante !

ÉDITÔ

UNE ICÔNNE EST NÉE !

En tant que rédactrice en chef de ce magazine, je peux d'ores et déjà vous confier que ce numéro d'Icônne est **de loin mon préféré** ! Bon... Il n'en existe qu'un seul. Mais, il n'empêche que le « magazine » que vous tenez entre vos mains incarne **bien plus qu'un énième ouvrage de presse féminine !** Icônne est **LA** bible de la femme des temps modernes, **LE** guide à suivre pour *pimper* votre vie (en mieux ou en moins bien, ça, on sait pas encore). Toute mon équipe de chroniqueuses constituée d'une seule personne : Nathalie Odzierejko (d'ailleurs, c'est moi aussi... Et là, c'est le moment où je me dis que j'aurais dû m'accorder cette augmentation de salaire que j'étais venue me demander le mois dernier) a déniché pour vous **les tendances du moment et les meilleurs bons plans**. Ces derniers provoqueront en vous un émerveillement perpétuel face à la beauté et au raffinement qu'ils affichent (lorsque j'évoque ces mots, je pense notamment à la pub *Popo Mademoiselle* en page 1).

Sans fards, sans chichis mais avec un peu de gluten (faut pas déconner non plus !), la rédaction (moi-même et mon chien) vous souhaite **une joyeuse et icônnique lecture !**

Kiss,
Love forever,
XOXO,
Tape amicale sur l'orteil.

Nathalie Odzierejko

Incroyable ! Ils auraient pu devenir célèbres !

Icônne a rencontré plusieurs personnes inconnues qui auraient pu devenir d'immenses stars. Découvrez ces personnalités dont le destin n'a jamais basculé !

Joséphine, 57 ans, retraitée

J'ai essayé de coucher avec de célèbres réalisateurs pour réussir à décrocher un rôle… Malheureusement aucun d'eux n'a jamais accepté de s'accoupler avec moi.

Michelle Williams, 34 ans, chanteuse

J'ai fait partie d'un groupe de musique qui s'appelait les Destiny's Child. J'aurais pu devenir connue si une des membres du groupe n'était pas la fille du producteur… Et si j'avais autant de charisme que les deux autres chanteuses.

Joséphine, 57 ans, retraitée

… Personne n'est motivé, vraiment ? Si vous êtes producteur, n'hésitez pas à me contacter !

Daphné, 31 ans, femme

J'aurais pu devenir une star si je le voulais. Mais en fait j'voulais pas.

Sandra, 31 ans, boulangère

Une fois, Laurent Ruquier est entré dans ma boulangerie.

Raymond, 42 ans, vendeur de semelles orthopédiques

Un jour, un journaliste m'a demandé mon avis sur un sujet d'actualité et je suis passé dix secondes à la télévision. Si Luc Besson avait regardé la TV à ce moment-là, il m'aurait sûrement contacté pour jouer dans l'un de ses films. Manque de bol, il ne devait pas regarder ce soir-là… Je devrais peut-être lui envoyer le lien du replay.

Joséphine, 57 ans, retraitée

C'est bon, j'ai couché avec un producteur… J'attends de ses nouvelles !

Stefani, 19 ans, funambule

Une agence de mannequins gère ma carrière. Je deviendrai top-model un jour, ce n'est qu'une question de temps ! L'agence croit beaucoup en moi ; elle m'a demandé de refaire plusieurs fois mon book photo pro monnayant 750 € à chaque fois. Ils m'ont dit qu'ils fondaient tellement d'espoir en moi qu'ils me font un prix d'ami ! Pour le moment je n'ai eu aucune proposition, mais les contrats pleuvront quand je referai mon prochain book. Ils me l'ont promis !

Francis, 38 ans, collectionneur de dés à coudre

En toute honnêteté, je pense que si je savais super bien chanter et danser j'aurais pu être le nouveau Michael Jackson.

Joséphine, 57 ans, toujours retraitée

… Bon, en fait, j'ai tapé son nom sur Facebook et il n'est pas vraiment producteur. Enfin si, mais il produit des poireaux. On s'est mal compris. Je crois que c'est foutu pour ma carrière… J'vous laisse, j'ai des endives au jambon sur le feu.

Guillaume, 26 ans, épicurien

J'aurais pu devenir quelqu'un de très célèbre avec le talent caché que j'ai. Malheureusement, il n'intéresse personne… J'arrive à rentrer mon pied en entier dans la bouche.

Oops !

Le club de sport Forest Chill de Lens était animé de bonnes intentions en voulant surfer sur la tendance des cours de fitness aquatiques. Après les cours de zumba, le body combat, les cours de vélo et la traditionnelle aquagym, le club célébrait l'arrivée d'un nouveau cours aquatique : le tapis de course dans l'eau ! Malheureusement, dès le branchement desdits tapis, les 25 clientes présentes dans le bassin lors de l'inauguration de la première séance sont décédées des suites d'une éléctrocution. Dommage, ça avait l'air fun !

NB : Une marche silencieuse en claquettes, maillot et bonnet de bain est prévue ce week-end à 12 h au départ de tous les Forest Chill de France.

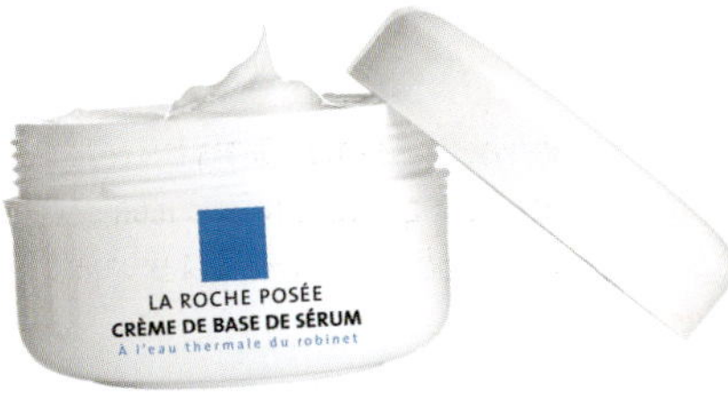

LE CHOUCHOU BEAUTÉ DU MOIS, IL EN TIENT UNE COUCHE !

Les laboratoires La Roche Posée viennent de mettre au point un soin à adopter de toute urgence par votre rituel beauté quotidien : la crème de base de sérum ! Cette dernière s'applique avant votre sérum, qui lui-même s'applique avant votre crème de jour, qui elle-même s'applique avant votre base de teint, qui elle-même s'applique avant votre fond de teint, qui lui-même s'applique avant votre poudre libre. La beauté en étapes multicouches, on adore et on adhère ! Vive les couches !

La Roche Posée, crème de base de sérum, 12 €

LA CHAUSSURE QUI MUSCLE !

Voici des chaussures minceur de toute dernière technologie ! Elles permettent d'optimiser les bienfaits de la marche en stimulant les muscles qui ne sont pas utilisés habituellement. Votre quête d'équilibre précaire vous crispera continuellement et le stress engendré par votre démarche chancelante vous fera perdre énormément de calories ! Ça nous botte un max !

Modèle Shape-oups de Skechères, 175 €

Le nouveau casque Bite by Bre

Un son qui pénètre au plus profond de toi à un prix qui fait mal au cul.

→ **Incroyable : tous les sports ne se valent pas !** Une étude scientifique vient de révéler qu'un jogging de 2 heures brûlerait plus de calories qu'une partie de pétanque d'un quart d'heure. Qui l'eût cru ?

→ **80 %** des femmes s'exclamant **« la coupe est pleine ! »** sont porteuses d'une coupe menstruelle.

→ **Manger 5 fruits et légumes par jour** vaut mieux qu'avaler une plaquette de beurre.

→ La manière la plus efficace de s'épiler le sillon interfessier est **la pratique du pole dance** ; les abrasions provoquées par les glissements rapides et répétés sur la barre éradiquent radicalement vos poils... Attention tout de même à ne pas **y laisser la peau de vos fesses** !

→ Mourir serait incurable selon **97,7% des gens**.

→ Il est **scientifiquement** prouvé.

→ Le saviez-vous ? Si ce livre ne vous plaît pas, vous pouvez vous en servir comme cale-porte.

Le langage de l'homme décrypté

Vous êtes souvent perdue face à un SMS envoyé par un individu de type masculin ? Hihi ! C'est normal, c'est si dur de comprendre les hommes avec nos cerveaux de femmes ! Icônne vous rend la vie plus simple en vous proposant une traduction des messages standards qu'ils nous envoient. Notre psychologue de renom, qui a suivi un cursus de 15 ans d'études en SMS appliqués et qui a acquis glorieusement son diplôme au bout de son huitième essai, a établi sa table de traduction. Suivez le guide du décryptage !

Hello ça va ? >> *Coucou, comment vas-tu ?*

Tu veux qu'on se voie ce soir ? >> *As-tu envie que nous nous voyions en fin de journée ?*

OK .... >> *D'accord.*

OK. .... >> *D'accord avec un point.*

OK... >> *D'accord avec des points de suspension.*

:) .... >> *Je souris.*

;) .... >> *J'ai une poussière dans l'œil.*

:-) >> *J'ai mis un nez à mon smiley, pour en faire un visage réaliste. J'aime que les normes soient respectées. J'aime l'ordre. Le fait que l'on ne puisse pas ajouter d'oreilles à ses smiley m'empêche de dormir la nuit... Un jour, j'ai goûté mon caca et j'ai aimé ça.*

J'ai fait une boulette >> *J'ai pris du papier et je l'ai froissé de manière sphérique.*

Je te trompe >> *Je t'ai acheté un déguisement d'éléphant.*

J'ai envie de te limer >> *J'adore le nailart ! J'aimerais m'occuper de tes mimines !*

Et voilà, vous êtes parée à lire entre les lignes !

Courrier love : Les réponses du Docteur Q

Sandrine, 21 ans, Bourg en Bresse : Au secours, il veut qu'on se parle... pour de vrai ! Sans passer par le téléphone, par SMS ou par Snapchat ! Je ne sais pas quoi lui dire !

→ Larguez-le par email.

Élodie, 31 ans, Livry Gargan : Est-ce que je dois coucher le premier soir si mon date s'est bien passé et que mon partenaire me plaît énormément ?

→ Élodie, vous avez 31 ans et vous vous fiez toujours à des conseils de presse féminine ? Pourquoi vous ne vous fierez pas simplement à ce que vous avez envie de... Ah non ! Attendez ! En fait le premier soir il faut lui lécher les yeux puis mettre son orteil dans sa narine en le fixant durant 3 minutes 12. Pour terminer il faut prendre soin de poster 4521 € à l'intention du Docteur Q - *Rédaction Icônne, 118 avenue Machille Pedretti, à Nouilly-Sur-Seine.* Il faut ajouter une voiture dans l'enveloppe aussi. Merci.

Kim, 34 ans, Los Angeles : Kanye a une fâcheuse tendance à inviter ses copains à regarder des matches de basket à la maison... J'adore ses amis mais j'en ai marre qu'ils se servent de mon arrière-train comme canapé en s'asseyant dessus ! En plus ils me laissent toujours des miettes de chips entre les plis ! Que faire ?

→... Je démissionne.

LA BITCH DU MOIS

Comme vous le savez déjà, *bitch* signifie chienne en anglais. Voici notre égérie canine du mois ! Du haut de ses 19cm et de ses 2kg, Kitty, 6 ans, nous ouvre les portes de son boudoir parisien.

Icônne : Kitty, comment vous sentez vous au jour d'aujourd'hui ?

Kitty : Je suis une chienne épanouie. Je mange des croquettes bio, je fais de la sculpture avec mes crocs sur les chaussures de mon humaine, et surtout, je fais de longues balades durant lesquelles je la promène au bout de sa laisse. Mon petit plaisir, c'est de la forcer à sortir quand il pleut.

I. : Et l'amour dans tout ça ?

K. : Ça ne va jamais plus loin qu'un reniflage d'anus. Vous savez, je n'ai pas besoin de mâle pour être bien dans mes coussinets. Ils ont beau me laisser des messages d'amour, voire des sextos via leurs urines déversées sur les poteaux électriques de mon quartier, cela me laisse indifférente. Ça m'amuse de les voir en chien !

I. : Vos futurs projets ?

K. : Déféquer sur le carrelage de la cuisine.

I. : Merci pour cette jolie interview, Kitty.

Sa sélection shopping :

- Mes **Dog Martens fétiches**, pour accompagner mes looks casual
- La **doudoune « le chien sportif »** pour être bien emmitouflée en hiver
- Mes **lunettes de soleil** Dolce & Canida pour protéger mon regard de bitch des UV

Son out :

Les déguisements que m'achète mon humaine. Ces vêtements sont ringards mais lorsque j'accepte de les porter, je vois un regard et un sourire niais naître sur son visage. Elle a l'air tellement heureuse de me voir déguisée que je prends sur moi. J'aime donner de la joie à cette simple d'esprit parce que je me dis que ça doit pas être évident d'être aussi con. **J'ai vraiment le cœur sur la patte.**

Ses coups de coeur :

- Le **yoga canin**, une tendance à suivre !
- Le **blond platine effilé**. J'ai déjà pris rdv chez mon toiletteur !

Tendance express

- **Le pince-nez pailletté**, le nouvel accessoire girly indispensable pour voyager confort dans le métro !
- Après la mode des vêtements couleur chair effet nude et du make up nude, de nombreuses Françaises ont adopté **le compte en banque nude !** Un compte entièrement nu, épuré, vidé de toute fioritures qu'on adopte d'urgence pour être raccord avec son look !
- **L'écran de téléphone fissuré.** C'est le détail fashion fracassant du moment ! De plus en plus de gens l'adoptent. Pour customiser votre téléphone, c'est très simple : faites-le glisser de votre poche par inadvertance, ou ayez la bonne idée d'envoyer un sms lors d'une soirée très alcoolisée, et le tour est joué ! Comme 30 % des détenteurs d'un téléphone portable, vous pourrez vous pavaner avec votre vitre brisée et quelques morceaux de verre scintillants incrustés dans l'oreille.

- **Le rééquilibrateur de talons :** il fallait y penser ! Lorsque vous n'en pouvez plus de porter vos talons et que vos pieds sont en compote, ce reéquilibrateur se visse à l'avant de votre semelle pour reposer votre voûte plantaire. Vous êtes à présent à l'aise, tout en gardant votre paire de hauts talons élégants aux pieds !

- **Le premier jean imprimé camel toe,** pour celles qui n'ont pas la chance d'en posséder un. Se porte très serré et près du corps (à la manière d'un filet de veau) pour sublimer votre jardin secret. Attention néanmoins à ne pas couper votre circulation sanguine pour éviter l'effet de serre sur votre petite fleur !

Shoes tendance : sortez du lot en portant les chaussures que personne n'ose acheter !

LES CROKS

Idéales pour aller clubber ! Elles offrent une excellente adhérence aux pistes de danse tout en laissant respirer le pied. Faciles à nettoyer, vous pourrez aisément vous débarrasser des taches d'alcool et de vomi. Grâce à elles, vous serez la reine du dance floor !

« RETRAITE STYLE »

Commandez une paire de pantoufles confortables sur un site spécialisé pour personnes âgées puis agrémentez vos souliers d'une paire de bas de contention nude. Ce combo est idéal pour vous remettre d'un lendemain de soirée : la circulation sanguine des jambes est réactivée, et le pied est cocooné, tout en surfant sur la tendance vintage.

« GERMAN TOURIST STYLE »

Sandales à scratch et chaussettes de sport, vous êtes parée pour explorer votre ville, ses expos, ses galeries et ses boutiques chaussée de la manière la plus hipster qui soit !

LES TOE SHOES

Vous ne savez plus comment attirer l'attention du prof de sport qui vous plaît tant à la salle ? Grâce à ces souliers, ce dernier restera scotché à vos pieds en se demandant quelle est ~~l'horreur~~ cette superbe création que vous portez !

L'easy fooding

Cette nouvelle façon de cuisiner nous vient tout droit de San Francisco. Le concept ? C'est tout simple : vous mélangez au hasard les ingrédients qui vous tombent sous la main et les faites cuire le temps que vous voulez. Simple comme bonjour, et pourtant révolutionnaire ! L'idée viendrait de Gillian Roberts, un vieux pêcheur bourré. À vous les steaks de viande chocolatés cuits au bain-marie et les lentilles à la banane flambée !

Sourcils-houettes !

Cette saison, c'est un carnaval de coupes qui embrase nos sourcils, alors on fonce ! On sort les crayons, les ciseaux ou on rase tout pour mieux redessiner sur des arcades vierges. Bref, on sculpte nos regards pour être pile « poil » à la mode !

LES IT SOURCILS FOURNIS

Le sourcil maxi épaisseur inspiré par Cara Delavignasse. Un véritable tapis frontal qu'on a envie de caresser du bout des doigts !

Le monosourcil est LE détail indispensable si vous portez un monokini monochrome recouvert d'un kimono qui n'a rien de monotone et que vous cherchez à monopoliser l'attention de votre mono de monoski monogame enduit de monoï sur son monorail. Bref, c'est un must have dans cette situation qui se présente fréquemment !

Les sourçanges, les franges de sourcils clipsables par Franck Grovost : idéal pour apporter à votre regard une touche de mystère.

LES *PAINT-IT BROWS* : On rase puis on redessine ses sourcils au gré de ses envies !

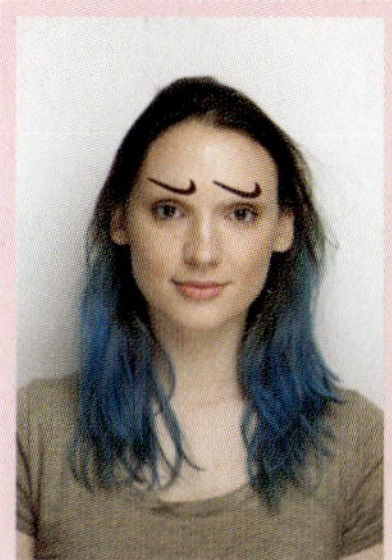

« Just doux it »

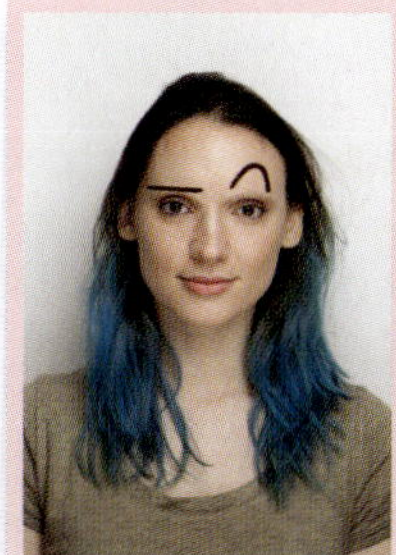

Bitch please ?

Bulbes tristes

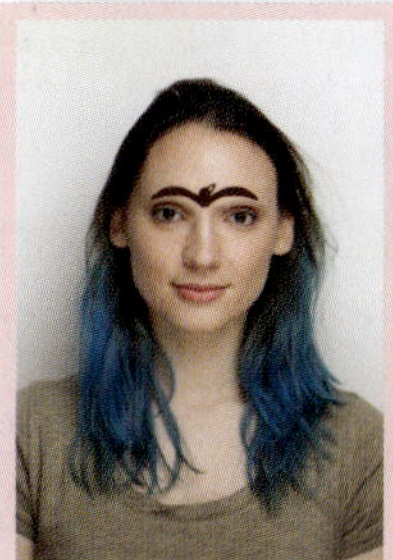

À poils et à plumes

Illuminatouffe

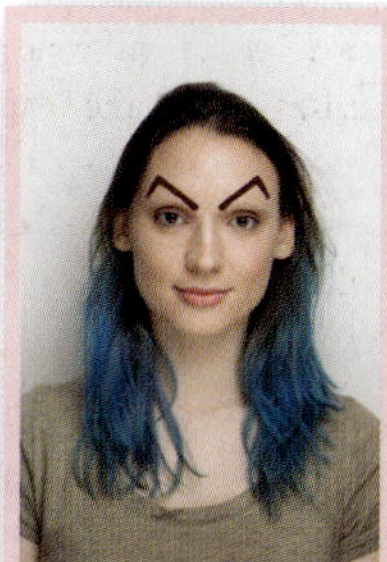

De mauvais "poil"

Arcades boursières

Moustache occulaire

Le M de Mac Frontal

LE CHOUCHOU DE LA RÉDAC : L'« INVERSÉ »

Pour mettre tout le monde sens dessus dessous d'un seul regard ! On laisse l'arcade chauve, on accorde avec une bouche nude et on se fait un smokey eye sur la paupière inférieure. *Le petit + : il masque les poches et les cernes.*

Mon week end en gériatrie !

Fatiguée, déprimée, vous avez besoin de vous ressourcer ? Laissez-vous tenter par un week-end en service de gériatrie! Pourquoi ? Les bénéfices de cette formule sont nombreux ! Tout d'abord vous serez très certainement la plus jeune des pensionnaires, donc la plus fraîche, la plus vive et la plus tendance ! Ça donne un sacré coup de boost au moral ! Délectez-vous du calme du club de lecture et de tricot pour apaiser vos tensions. Pour regagner confiance en vous et vous sentir l'âme d'une championne, ne vous privez pas d'organiser des courses de déambulateurs dans les couloirs de la pension : vous les remporterez à tous les coups ! La plus agile règne sur la salle de repos ; profitez-en pour devenir la maîtresse de la télécommande : c'est vous qui choisissez les programmes ! Et si jamais quelques pensionnaires osaient se rebeller contre votre statut de reine, provoquez-les en duel de twerk : même si vous n'êtes pas douée, vous au moins vous ne vous déboîterez pas la hanche ! Victoire par KO. Vous êtes la meilleure et votre moral est désormais au top. On ne peut pas en dire autant de Chantal, 87 ans, qui cherche encore son dentier suite à votre duel.

À partir de 445 € le week-end de 2 jours en pension complète (chambre de luxe, comprenant la prise en charge de votre toilette intime et des mots fléchés offerts.)

Top 3 rouges à lèvres :

1 Le gloss voluminateur au venin d'abeille : son applicateur spécial « Mille et un dards » empourprera votre bouche d'une élégante couleur sanguine alors que la réaction allergique triplera le volume de vos lèvres en une application. Le bonus : il anesthésie le bas de votre visage ! Finies les épilations de moustache douloureuses ! *Sephorat, 8 €*

2 Le rouge à lèvres spécial rupture : onctueux sur les lèvres, il s'étale aussi facilement sur les miroirs et les pare-brises pour des « au revoir » pleins de tendresse. *Chianel, 27 €*

3 Le rose désir : le rouge à lèvres pour les lèvres qu'on n'attend pas. Surprenez votre chéri ou enchantez votre gynécologue grâce à sa palette de teintes. Le petit plus de la rédac' : pour une fois, ce n'est pas vous qui en aurez sur les dents ! *Yves Sans Laurent, 32 €*

LADY BABARBE FOR
VERSACETORIX

Le coup de cœur !

À chaque séance d'UV, c'est le même bilan : vous êtes bronzée de partout, sauf du **sillon inter-fessier…** Désormais, cette zone rebelle qui tient absolument à rester pâlotte va devoir baisser les armes : grâce à la lotion autobronzante L'Eau-Raie-Hâle, votre lune sera bronzée de **PARTOUT** ! **Avoir bonne mine jusqu'au bout de la raie, on adore !**

JE LES VEUX !
LES GOGOLE GLASS

Seulement 1300 € pour voir la vie en double.

Subtile beauty, le premier masque de beauté d'extérieur
Alerte au bon plan complètement patché ! Grâce à un discret make-up incorporé à ce masque-patch de beauté intégral, vous pourrez désormais vaquer à vos occupations et même aller travailler tout en offrant un soin complet et intensif à votre joli minois ! Ni vu ni connu, votre épiderme est chouchouté en public. On adore !

Coach dis moi tout !

« Coach, après mon accouchement, je me sens flagada, que faire pour remuscler mon périnée ? »
Oui, je comprends. C'est un problème vraiment sérieux, à ne pas prendre à la légère. MAIS EN MÊME TEMPS, QU'EST-CE QUE JE M'EN BATS LES COUILLES ?!

« Coach, comment puis-je dorloter les cellules cutanées de mon épiderme afin de les détoxifier comme Gwyneth ? Que me conseillez-vous, le régime green, la gym suédoise, ou le masque gourmand à la choucroute ? »
Avoir une peau éclatante est très important pour se sentir belle, alors je te conseille DE T'ENROULER DANS DU CELLOPHANE ET DE TE JETER DU HAUT D'UN PONT ! ÇA M'ÉVITERA DE RECEVOIR UNE AUTRE DE TES QUESTIONS À LA CON !

« Coach, quelle est l'alimentation idéale pour perdre rapidement du poids ? »
Rappelez-vous ce que nous disaient nos grands-mères pleines de sagesse : vous êtes ce que vous mangez. ALORS BUTE UNE PUTAIN DE MANNEQUIN ET BOUFFE-LA !

« Coach, pensez-vous que liposucer la graisse de mes cuisses et mollets pour la réinjecter dans ma poitrine est une bonne solution pour obtenir un bikini body parfait ? »
Oui, c'est une excellente méthode. D'ailleurs, je te conseille même de t'injecter la graisse de ton boule dans ton crâne. COMME ÇA, TON CERVEAU NE FLOTTERA PLUS DANS LE NÉANT !

La revue détente : 3 nouveaux massages à tester

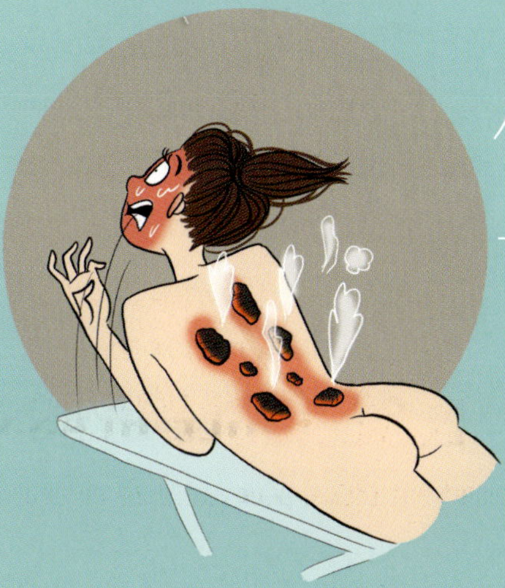

1. Le massage caliente

Le massage aux pierres chaudes, c'est du vu et revu ! On passe au level supérieur et on fonce dans les instituts de beauté Yves Caillou qui cassent la routine en proposant le massage aux charbons de bois ardents. Les énergies du feu emmènent vos cellules dans un tourbillon de sensations tonifiantes qui mettront tous vos sens en éveil. Ce massage est précédé d'un gommage aux herbes de Provence pour une ambiance barbecue lounge. On ressort de l'institut détendue comme un tendre gigot !

Massage braisé, 201 € chez Yves Caillou

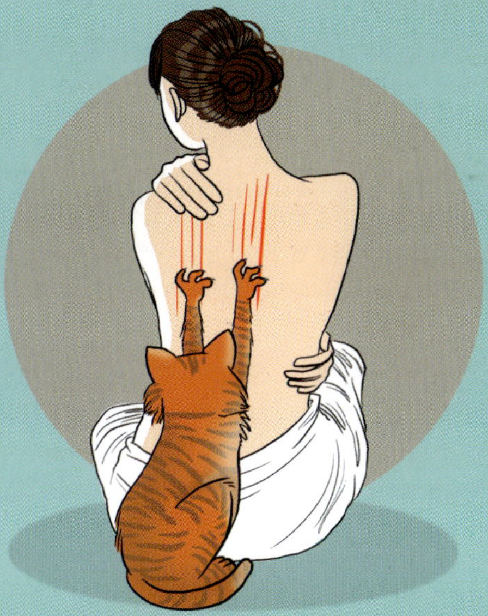

2. Le massage félin

Laissez-vous emportez par la déferlante sensorielle de douces pattes de chat se faisant les griffes sur votre dos. Le décollage de l'épiderme évacue les nœuds ainsi que les tensions, et les microlacérations offriront une oxygénation intense à toutes vos cellules. On ronronne de plaisir !

Machat-ge, 137 € chez Chatnel

3. Le massage japonais

Le massage japonais est un concentré de vitalité ! Embarquez sans hésitation pour un voyage écrasant d'efficacité ! Ce massage repose sur une série de pressions exercées sur les méridiens du corps par un sumo qui bascule sur vos vertèbres. La décompression est optimale !

Sumassage, 340 € chez Shiseidos

Comment vivre salement sa vie !

Aujourd'hui, vous avez eu la flemme de vous laver ? Vous êtes en retard et vous n'avez pas eu le temps ? Ou vous êtes tout simplement "allergique" à la douche ? Voici une liste d'astuces pour vivre dans sa crasse de manière épanouie et sans complexes !

Vos cheveux sont tellement gras que vous pourriez battre un kebab dans un duel de luisance ! Peu importe, il suffit de les plaquer en arrière et de les coiffer en queue-de-cheval ou en chignon. Vous expliquerez alors que c'est votre gel qui apporte cette touche *shiny wet* extrêmement tendance aux États-Unis d'Amérique.

Votre peau aussi est grasse. Ce matin, un collègue a glissé sur votre joue en vous faisant la bise ! Voici une petite astuce pour vous éviter un RDV avec le robinet de votre salle de bain : épongez votre faciès sur une tranche de pain. Votre excès de sébum est absorbé, et en bonus, vous vous retrouverez avec une tartine beurrée entre les mains !

Shine bright like a sébum !

En plus d'un déodorant 96 h qui évitera à votre peau tout contact avec une douche pendant plus de 3 jours, pensez à couvrir vos mauvaises odeurs avec un soupçon abondant de parfum ! Un seul mot d'ordre : **ayez la main lourde !** Le camouflage de vos effluves corporels s'opère par l'anesthésie des narines de ceux que vous croisez sur votre chemin. **Bonus :** vous n'avez plus besoin de vous préoccuper de votre haleine puisque les gens arrêtent de respirer lorsqu'ils vous croisent !

Gagnez du temps en **portant quotidiennement les mêmes vêtements**. Vous ne vous prendrez plus la tête en hésitant devant votre armoire et vous économiserez de nombreuses machines ! **Faites de même avec vos sous-vêtements** mais pensez à les retourner tous les 4 jours.

Vos chaussettes sentent fort ? C'est un hommage aux fromages de nos régions !

Vos ongles sont noirs : et alors ? C'est comme une french manucure en négatif ! Quel avant-gardisme ! **Les Cotons-Tiges on les jette à la poubelle et on garde nos oreilles brutes !** En plus de mettre un peu de couleur soleil à nos esgourdes, on bénéficie d'un sommeil profond et sans nuisances grâce à nos boules Quies naturelles.

TOP PRODUITS CORPORELS

1. Gel douche gourmand au reblochon, *Estée Lodeur, 9 €*
2. Déodorant 96 h non-stop, spécial peaux sales, *Lauréole, 4,95 €*
3. Fluide hydratant pour peau très sèche à l'huile de friture, *Dolce & Kebaba, 37 €*

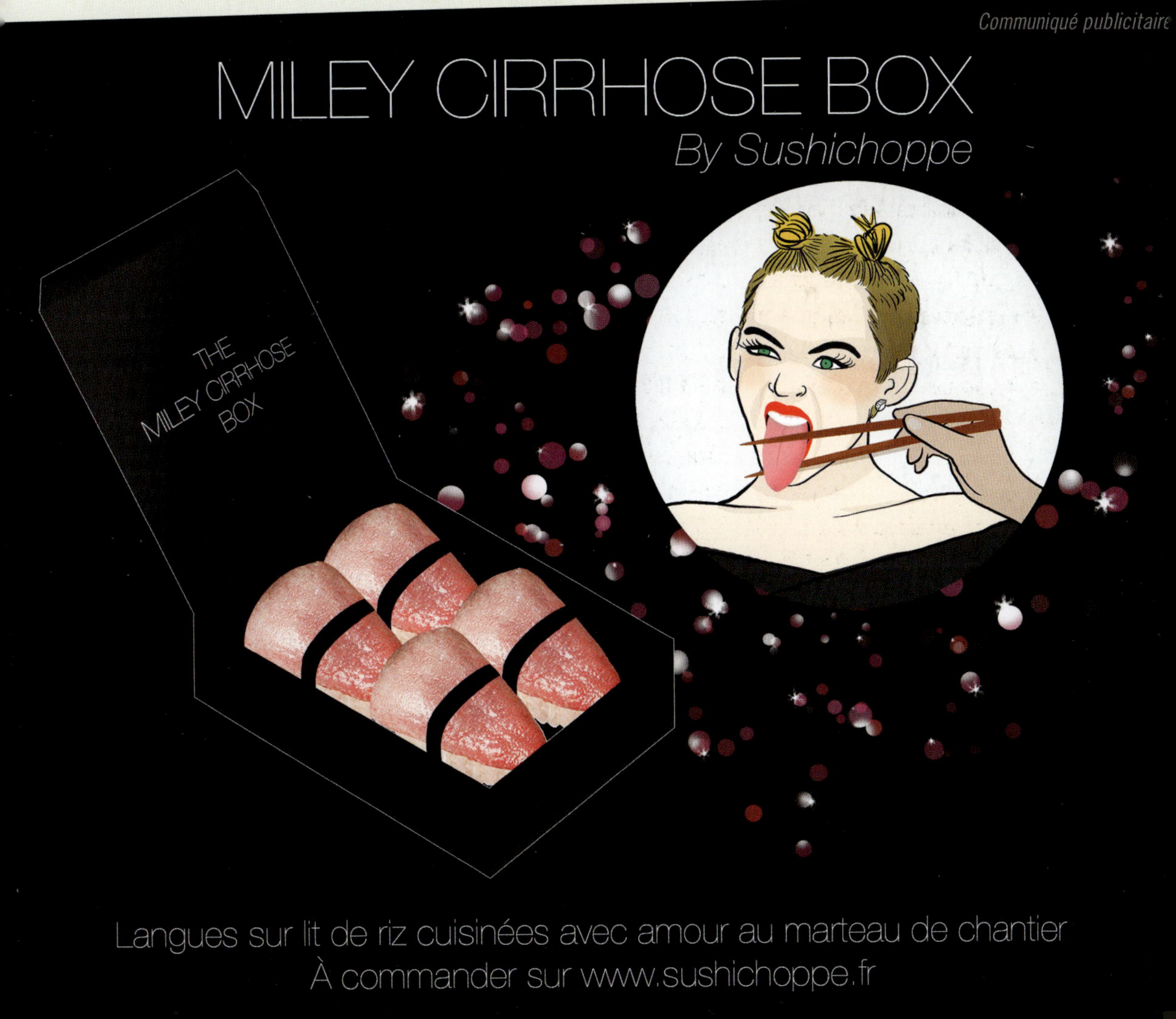

banane VS minaudière

ON A ÉCHANGÉ NOS SACS

Vous connaissez le principe : à chaque numéro, deux modeuses échangent leur sac à main le temps d'une journée. Cette fois, c'est au tour de Josée et de Kenza d'échanger leur précieuse besace :

KENZA : blogueuse mode influente, avec la banane fétiche de Josée

Les +

- Certes, c'est pratique… Mais à ce moment-là se balader nue c'est pratique aussi mais personne le fait !
- Au moins personne n'a essayé de me la voler.
- Je ne vois pas d'autre +, désolée…

Les –

- La banane de Josée est particulièrement moche et sale (j'y ai retrouvé des restes de frites rassises).
- Je me suis fait recaler d'une soirée et des gens se sont désabonnés de mon blog en me voyant porter ça.
- Beaucoup de beaufs m'ont fait des blagues du style *« Eh, t'as l'air d'aimer les grosses bananes, tu veux voir la mienne ? »*

C'est bon c'est fini ? Je peux déposer ça par terre et m'en aller ? Merci.

JOSÉE : garagiste adepte de pétanque et de bière, avec la minaudière préférée de Kenza

Les +

- J'ai pu y mettre 3 boules de pétanque pépère.
- À 14 h j'me suis battue au stand de frites ben j'ai pu mettre un gros coup dans la tronche de Nanar en me servant de la minaumachin comme brique !
- Ce truc est étanche ! Tu peux y mettre une canette ouverte et si elle se renverse, bah tu bois dans ton sac !

Les –

- Y a pas de minaudière imprimée tête d'aigle ou moto… Ça craint !
- J'aime pas les rayures ! Ça va avec rien ! Ma banane bleue, elle, est assortie à mon jogging que je porte tous les jours !
- J'peux pas dormir avec ! Ma banane j'peux m'coucher direct avec, sans la détacher, pour avoir mes choses vitales à portée d'main quand j'me réveille la nuit… Genre des cahuètes.

L'indispensable du moment

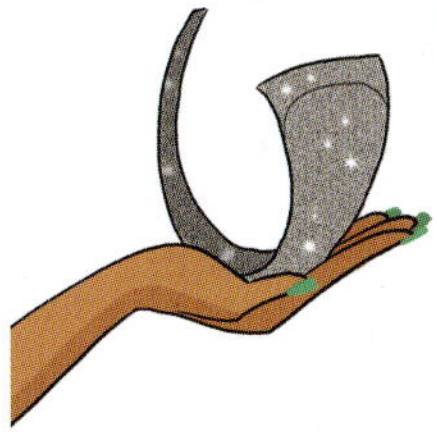

LE C-STRING En forme de C et sans ficelles sur les hanches, il fait un véritable carton ! Indécelable sous les vêtements, il est également multi fonctions. En effet, son ergonomie lui permet de bénéficier des avantages du boomerang : lancé sur scène lors d'un concert, votre sous-vêtement vous reviendra en main après un passage sous le nez de votre chanteur préféré ! Contrairement aux autres fans qui ne pourront faire qu'un lancer, vous ferez virevolter vos dessous autant de fois que vous le souhaiterez pour vous faire remarquer de votre idole ! De plus, il est facilement accessible et peut s'enlever en toute discrétion afin de fournir un élégant et original serre-tête d'appoint.

LE PETIT PLUS : Économique, vous n'aurez plus à racheter de dessous après un concert.

LE PETIT MOINS : De nombreuses icônnistas nous ont prévenus de l'importance de porter un collant avec votre c-string en soirée, une chute intempestive de l'objet est si vite arrivée lorsqu'on danse en jupe !

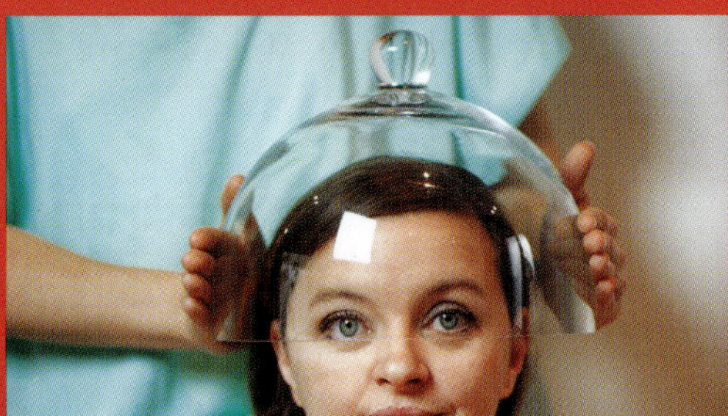

Le nouveau soin phare des instituts

Votre teint est terne et fatigué ? Il a besoin d'un ressourcement optimal pour retrouver son éclat ! Voici la nouvelle cure en vogue des instituts Lancônne : la cloche en verre antioxydante.
Le principe est simple : vous vous installez confortablement dans un fauteuil tandis que l'esthéticienne vous applique une cloche aux dimensions de votre tête. En la protégeant de la pollution et des mauvaises ondes, la cloche ressource efficacement votre peau. Asphyxiés, vos pores se resserrent. Aucune crème ou massage n'est nécessaire pour ce soin révolutionnaire d'une durée de 5 heures.
Soin « Grosse cloche » - 380 € en institut Lancônne.

Papi Jean
LE JEAN DE TOUTE UNE VIE

Get the look
Retour de soirée

Le look retour de plage, c'est du vu et revu ! Les cheveux wavy et le teint hâlé on en a fait le tour depuis des années… Fondez plutôt pour le look retour de soirée déjà choisi occasionnellement, ou à chaque week-end, par des millions de femmes ! Il se réalise progressivement et facilement pour un rendu optimal aux alentours de 5 h du matin :

Attention, ce look, comme l'alcool, est à consommer avec modération si vous ne voulez pas entrer dans un état de décomposition prématuré, et il est absolument déconseillé lorsque vous conduisez ! Volant en main, la subtilité et la fraîcheur de cette tenue deviennent mortellement has been !

COMMENT COIFFER SA RAIE ?

On pouvait se coiffer d'un chapeau, investir dans des barrettes fantaisie ou des *head bands,* désormais, on peut également coiffer sa raie du bas grâce à divers postiches et accessoires ! Cette tendance venue du Japon mettra un peu de piment dans votre culotte ! Le principe est simple : choisissez votre accessoire et fixez-le dans le sillon interfessier avec la colle PH neutre fournie. Une multitude de choix existent déjà sur le marché, voici la sélection des thèmes les plus glam selon la rédac ! À vos raies, prêtes ? Partez !

Grand jeu !

Associez chaque raie à la définition qui lui est propre !

a. La raie Hanna - b. La raie Ban -
c. La raie-ho de Janeiro - d. La raie of light -
e. La palme-raie - f. La Milraie Cirus - g. La raie publique -
h. Princesse Raie-ponce i. - La raie de métro -
j. La Bob Malraie - k. La raie sur image

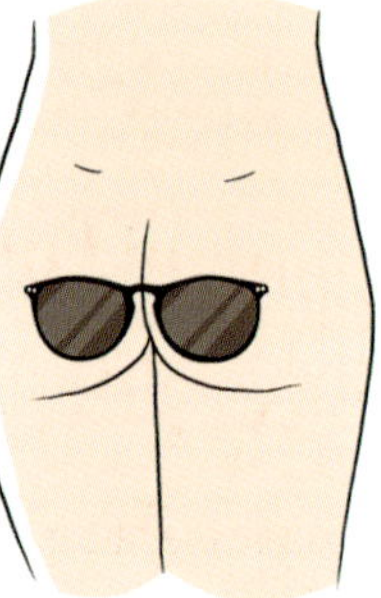

1.

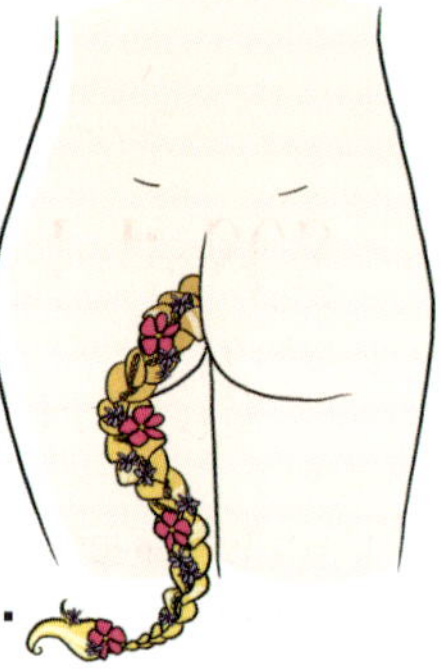

2.

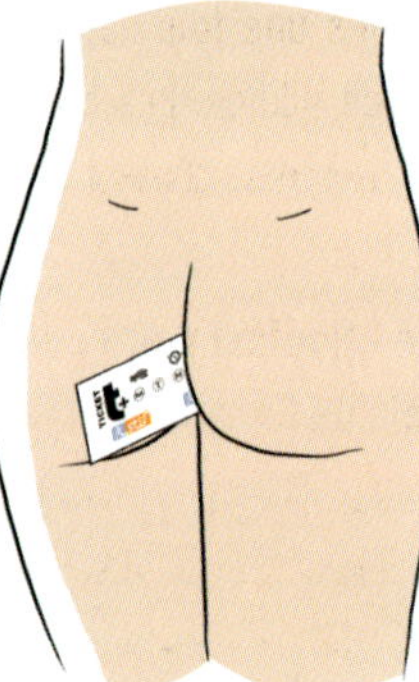

3.

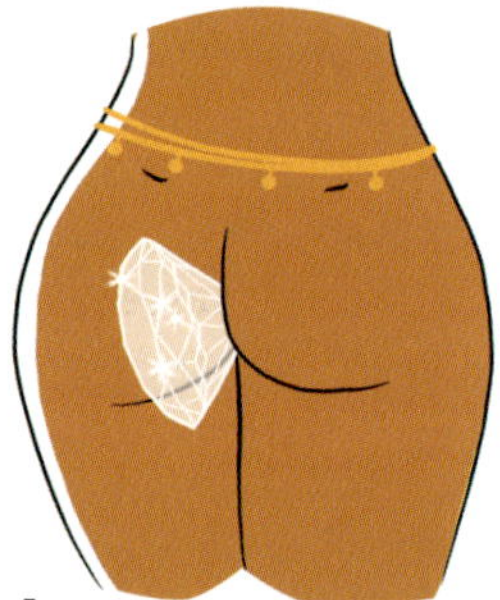

4.

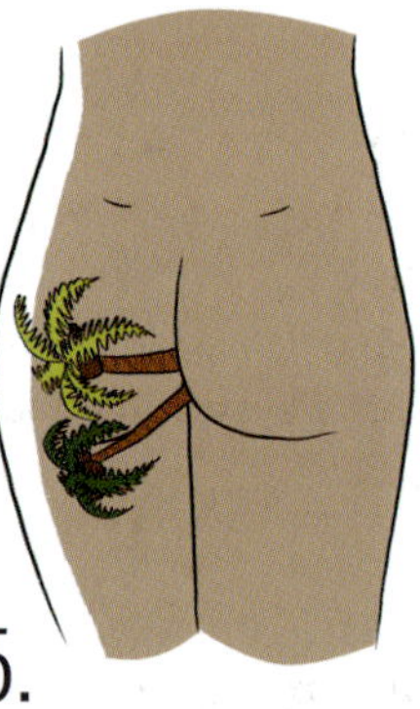

5.

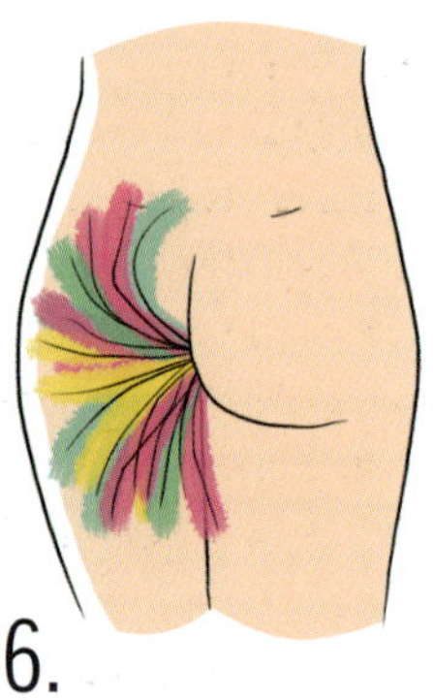

6.

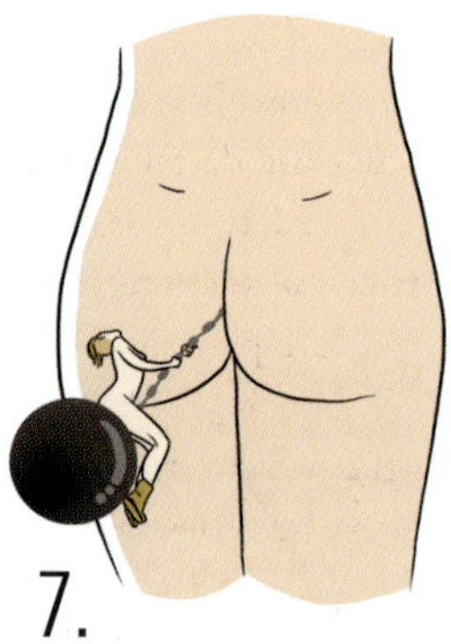

7.

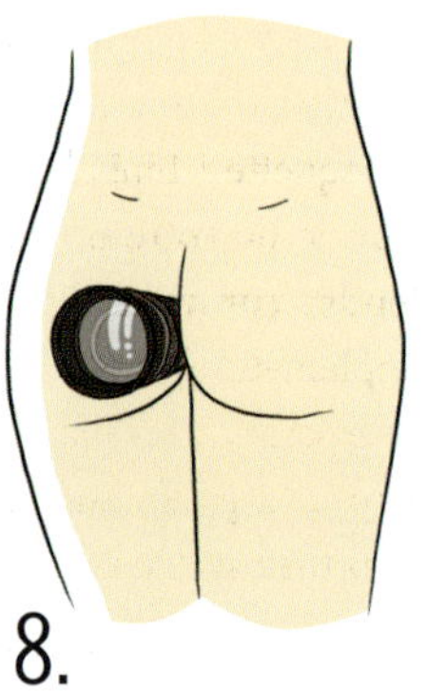

8.

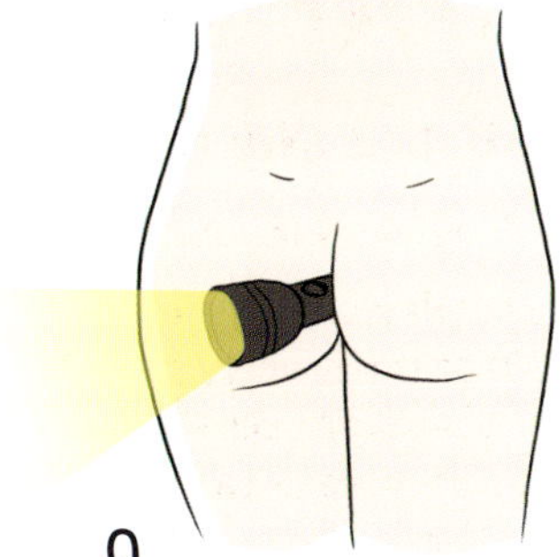

9.

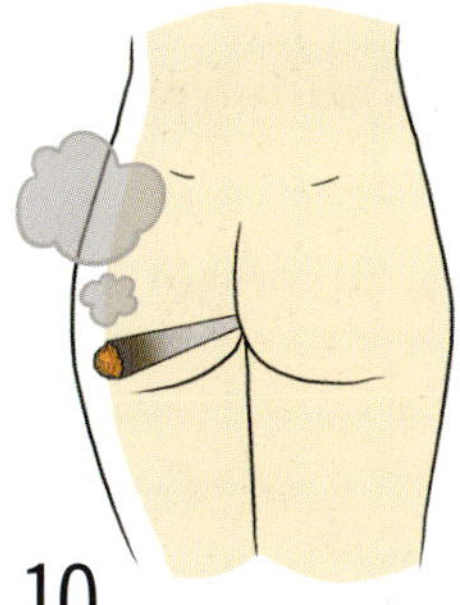

10.

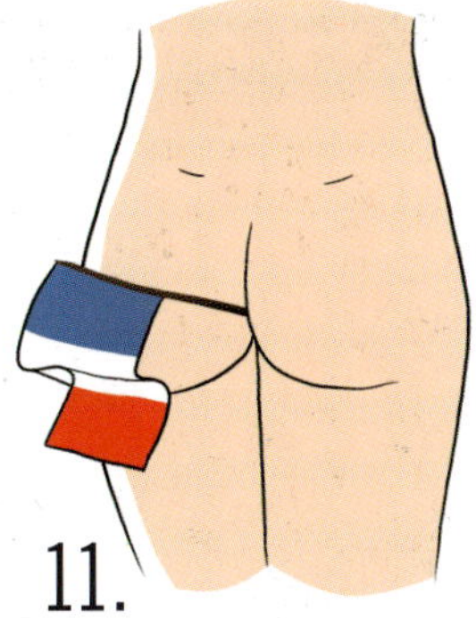

11.

1b - 2h - 3i - 4a - 5e - 6c - 7f - 8k - 9d - 10j - 11g

SOSpilule : l'appli qui fait du bien à mon cycle !

Combien de femmes ont déjà oublié de prendre leur pilule de contraception ? Déplacements, oubli de plaquette, imprévu, match de foot à la télé du samedi soir entre copines… L'oubli arrive au moins une fois dans la vie de n'importe quelle utilisatrice de pilules. Les risques ? Un cycle menstruel chamboulé, le stress d'avoir un polichinelle dans le tiroir…

Ne vous cassez plus la tête ! Confiez votre cycle à des professionnels de l'ovaire !

SOSpilule.com est le premier site qui propose un service de livraison de pilule à toute heure du jour ou de la nuit, tout au long de l'année, et quelle que soit votre localisation dans le monde.

C'est très simple : après avoir créé votre profil, puis autorisé votre géolocalisation sur votre téléphone, tablette, ou culotte connectée, vous êtes enfin free de la plaquette ! Finis les rappels de prise de pilule via l'alarme de votre portable ! À heure fixe, un livreur viendra sur votre lieu de travail ou sonnera tout simplement chez vous pour vous faire prendre votre contraceptif. Il suffit d'ouvrir la bouche, le livreur dépose la pilule sur votre langue, vérifie que vous l'avez bien avalée et s'en va. En moins de 10 secondes, l'affaire est réglée - et vous aussi, pour les mois à venir.

Conseil fun : en synchronisant votre prise et celle de vos amies, assistez à une livraison collective de pilules façon distribution d'hostie à l'église ! Fous rires garantis ! Pour celles qui désirent de la discrétion dans les lieux publics, vous pouvez aussi opter pour la distribution à distance par sarbacane.

SOSpilule.com, à partir de 500 € l'année.

1 FILLE / 5 LOOKS

Chloé, 32ans, est hôtesse d'accueil dans un centre médico-dentaire. Elle nous invite dans son dressing léger et fashion à travers ses 5 looks fétiches.

À qui voleriez-vous le contenu de son armoire ? Bernadette Chirac. J'aime son style vintage intemporel.

La pièce dont vous êtes la plus fière dans votre penderie ? J'ai acheté un morceau de la robe de viande portée par Lady Gaga aux enchères. En 1 an, ma tranche de bacon s'est totalement recouverte de moisissure mais ça reste un bel objet.

Un fashion faux pas à avouer ? Une fois, j'ai mis un vêtement qui n'était ni de marque ni d'un créateur...

Un coup de bluff mode ? Un jour un pigeon a déféqué sur mon chapeau fédora en feutre. Tous le monde a cru que c'était une création de chez Lagerfiente !

Votre prochain achat ? Je pense vendre un de mes reins au marché noir pour m'acheter une robe de soirée Balenssiaga.

Son look casual : « J'aime les vêtements pratiques et passe-partout pour me sentir à l'aise en allant au travail ou en faisant mes courses. J'ai toujours su rester élégante mais discrète, belle mais confort. Ce body plumes d'autruche et capsules de bière du créateur Étienne Jeanson est typiquement le genre de tenue que j'arbore pour être tranquille dans ma vie de tous les jours. »

Son look détente : « Quand je suis chez moi, j'aime m'envelopper d'une tenue cocooning pour me détendre. Je porte mon peignoir fétiche que j'ai chiné dans un Lider Praïce et je reste en jogging pour le côté sportive home made. Je ne réserve ce look qu'à mon chéri et le garde secret en me changeant rapidement dès que quelqu'un doit passer à la maison. Lui seul me voit ainsi : il est ravi de ce privilège ! »

Son look vacances d'été à Paris : *Sans commentaire…*

Son look loisirs : « Le week-end, j'aime bien tuer des gens pour décompresser. Je me pose dans un parc et je tire dans le tas. Mes petites baskets fétiches sont super pratiques pour prendre la fuite, et le noir reste une valeur sûre ! Hihi ! »

Son look de « Reine du shopping » : « Je suis déguisée en Cristina Cordula. Oui, j'aime bien les jeux de mots. Au revoir. »

I NEED !!!

Le soutien-gorge fabriqué avec des prothèses PIP recyclées !

Suite au scandale de ces prothèses mammaires en silicone défectueux, la créatrice Chantal Thomasse a eu l'idée ingénieuse de récupérer le stock de ces 56 000 paires inutilisables et de les réincarner en de superbes soutiens-gorge ampli-formes nude ! Lors du lancement de cette gamme, elle déclarera que *« les femmes qui porteront ce modèle seront à l'image des prothèses PIP : dangereuses à l'intérieur, douces et molles à l'extérieur. »* Brillant !
Modèle Dangerous seduction *par Chantal Thomasse, 75 €*

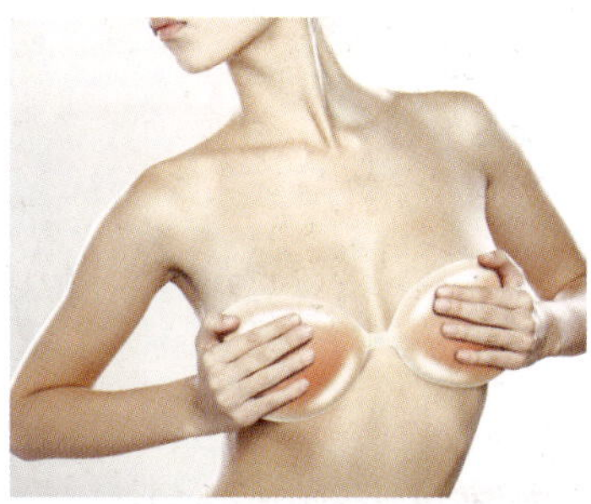

NB : Au moment de la parution de notre magazine, les ventes de Dangerous Seduction ne décollent pas. Chantal Thomasse a revendu son stock à une société de joints d'étanchéité sanitaires en silicone afin que les soutiens-gorge y soient fondus et re-recyclés. Très prochainement, découvrez PIP-eau, le joint étanche qui n'est pas imperméable au glamour, 12,27 € en exclusivité chez Castoramamaire.

LOUIS VUITHON

Tuto : le teint nude

1- Sur une peau parfaitement nettoyée, mettez votre sérum et votre crème de jour.

2- Appliquez votre fond de teint pour unifier votre peau.

3- Camouflez les petites imperfections avec un correcteur de teint.

4- Répartissez un peu de poudre minérale pour matifier.

5- Estompez un soupçon de blush au sommet de vos pommettes.

6- Lavez-vous le visage. Et voilà ! Votre teint nude est parfaitement réussi !

Statistiques

95%

des femmes rentrant d'une soirée bien arrosée font l'**impasse sur le démaquillage.** Celles qui s'y risquent malgré leur fort taux d'alcoolémie s'endorment la tête dans le lavabo avant de se réveiller 10 heures plus tard, par terre, avec leurs disques de coton collés au faciès. C'est d'ailleurs en ayant **la tête dans le coton** qu'une femme ivre a inventé la fameuse expression.

100%

des femmes préfèrent se sentir belles plutôt que moches ! Dingue !

9 femmes sur 10

attendent que leur **vernis de doigts de pieds soit écaillé** à plus de **72%** avant d'envisager de l'enlever avec du dissolvant.

0,0034%

des femmes arrivent effectivement 5 minutes après avoir dit « **Je suis prête dans cinq minutes** ».

87% des femmes mal maquillées le doivent à une **mauvaise lumière dans leur salle de bains.** Les **13%** restantes n'ont simplement aucun goût.

LA DERNIÈRE TENDANCE TOUT DROIT VENUE DE BIÉLORUSSIE !

LE NOUVEL ATOUT SÉDUCTION !

L'arrière de genou sur le devant de la scène

À quoi bon porter des Louboudins, mes arrières de genoux les mettent tous à mes pieds !

Longtemps mise de côté, presque oubliée, une partie de notre corps révèle enfin son potentiel séduction. Les fesses, la poitrine, les cheveux, le sourire n'ont plus le monopole du sexy : **ce nouvel atout, c'est l'arrière de genou !** Waouh, ça rime ! Cette mode, venue de Biélorussie, a contaminé les États-Unis où les stars les plus glamour mettent le paquet pour sublimer cette partie du corps ; à Hollywood, G-LO et Beyonfé ont même assuré leurs arrières (... de genoux) pour des millions de dollars ! **Le phénomène se répand comme une traînée de poudre à travers le monde** qui s'embrase pour cette nouvelle tendance... Au Brésil, l'élection de la plus belle paire de fesses n'est déjà qu'un lointain souvenir has-been et a laissé place à l'élection de *miss Back Knee* !

1. TONIFIER

Exit les booty camp et les cours d'abdos-fessiers à la salle de sport, on mise tout sur les séances de knee-camp. Les cours se déroulent sur une heure et permettent la tonification de vos ligaments et le renforcement de vos rotules. Peu importe si le reste de votre corps est flasque, vos genoux fermes et musclés ne laisseront aucune target de marbre !

***

2. HYDRATER

À chaque centimètre carré de peau sa crème dédiée : les seins ont leur crème effet tenseur et les fesses leur crème affinante. Qu'à cela ne tienne ! Désormais, les arrières de genoux ont aussi leurs crèmes ! Elles permettent de relancer la synthèse de collagène pour augmenter l'élasticité des tissus. Que vous ayez l'arrière de genou sec ou gras, vous trouverez la crème adaptée à votre nature de peau.

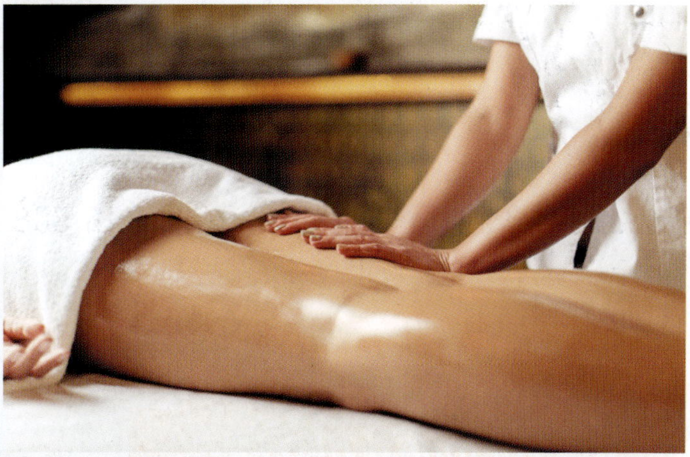

3. MASSER

Courez en institut et optez pour un massage ciblé. Le massage se fait à deux doigts par petits mouvements circulaires. Après 2h de massage concentré sur cette zone, la peau de vos *back knees* est cloquée, mais tellement repulpée !

***

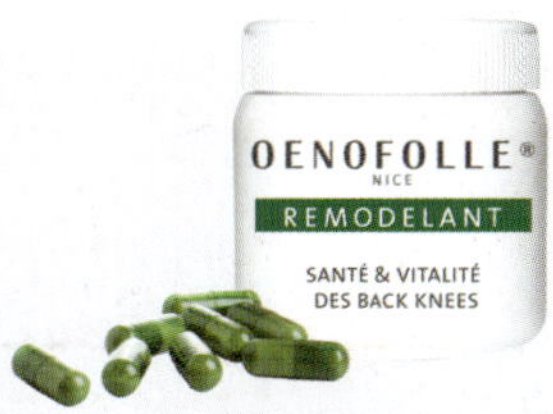

4. NOURRIR

Oenofolle, leader français sur les compléments alimentaires en comprimés, ajoute un petit nouveau à sa gamme. Les pilules remodelantes d'arrière de genou s'ajoutent aux comprimés capteurs de graisse, aux gélules spéciales jambes lourdes, à celles réductrices de poches et à celles luttant contre la chute des cheveux. On adore ce cocktail coloré de 5 gellules à gober quotidiennement.

***

5. MAQUILLER

On applique une noisette de fond de teint un ton plus foncé que votre carnation pour donner de la profondeur et de l'intensité à vos back knees. On poudre pour matifier, surtout en été car la zone a tendance à suinter rapidement. Maquillés, vos arrières de genoux sont plus envoûtants qu'un smokey eye !

***

6. PARFUMER

On vaporise un voile de Calvin Kneein dans le creux de ses arrières de genoux et on diffuse les délicieux effluves de bergamote et de musc en faisant des montées de genoux à côté de la cible à séduire.

***

7. VALORISER

On met en valeur ses back knees en favorisant les jupes et robes au-dessus du genou. On customise tous nos pantalons et leggings en y découpant des ouvertures derrière les genoux !

***

8. TRICHER

Vous avez passé les 40 ans et vous sentez vos back knees se relâcher ? Pourquoi ne pas se laisser tenter par quelques injections d'acide hyaluronique ?! Les plis sont comblés, le derme est tendu ; le temps glisse sur vos arrières de genoux comme un chiot sur du parquet ciré !

Ce qu'ils en pensent :

Francis, 31 ans : J'aimerais sincèrement que ma copine cesse de me faire des strip-tease de dos et qui s'arrêtent à un soulevé de jupe longue au-dessus du genou. Elle me fatigue.

Farid, 22 ans : C'est n'importe quoi cette mode ! Pour la première fois, l'expression « occupe toi plutôt de tes fesses ! » prend littéralement son sens lorsque je la dis à ma copine !

Kevin, 26 ans : C'est fou la sensualité qui se dégage d'un derrière de genou ! C'est une ode poétique qu'incarne ce creux qui se plie et se déplie au gré d'une démarche féminine. Je pourrais passer des heures à les caresser ou juste à les regarder ! Ce sont des zones si délicates... Cependant je préfère les gros seins.

Mohamed, 29 ans : Pardon mais j'ai un travail sérieux et vous me mettez en retard avec votre sondage bidon... Laissez-moi passer... Merci.

Back knees de stars

Voici des photos d'arrières de genoux de stars, saurez-vous retrouver leurs propriétaires respectifs ?

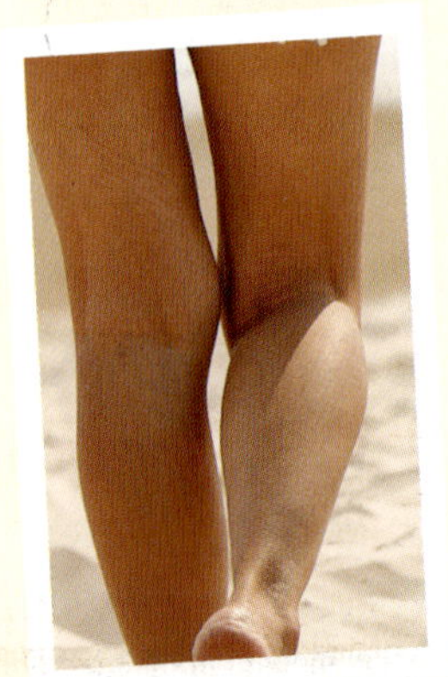

a

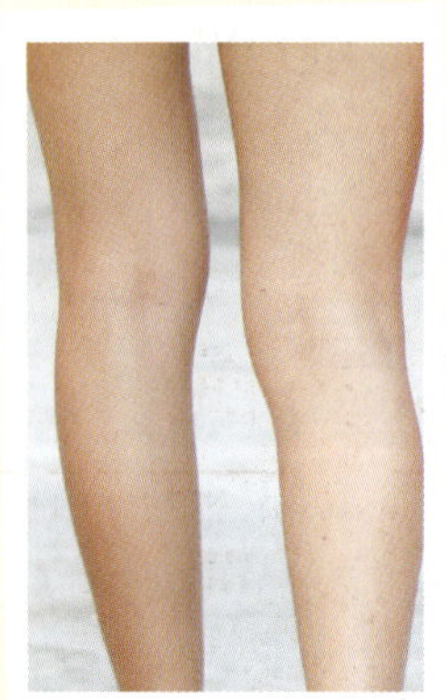

B

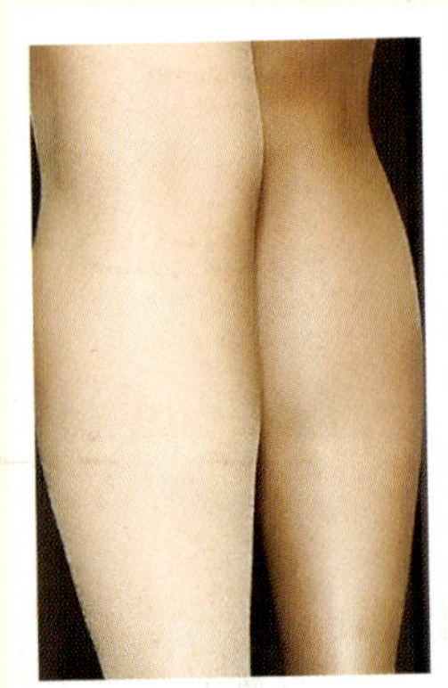

C

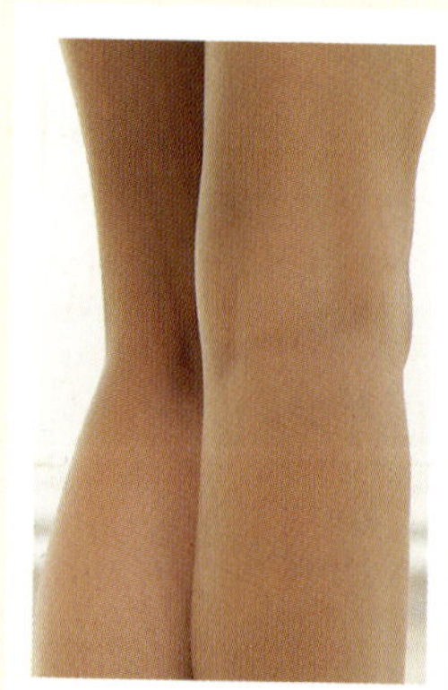

D

Réponse : En fait, ce sont les photos des jambes de la fille de ma concierge et de ses copines en vacances à Plougastel, j'avais pas les droits pour publier des photos de jambes de stars.

« Basée sur un quiproquo, cette comédie est démente. »
Halluciné.fr
« Un bébé, c'est une maman et un papa, pas 3 hommes. »
Téléramanifpourtous.fr
TRÈS BAD TRIP
(EN FRANCE)
NATOO BROS. PICTURES PRÉSENTE
MONTAGE PAR CLAUDE COMBACAU SUR UNE BRILLANTE IDÉE DE NATOO AVEC GAEL MECTOOB GRÉGORY GUILLOTIN JULIEN PESTEL ET ELLIOTT LE BÉBÉ GENTIL
FINANCÉ PAR LES ILLUMINATIS PHOTOGRAPHIE JOHANN LAFON RETOUCHES ANTHONY PASSANT MUSIQUE HA BEN NON Y EN A PAS C'EST UNE PHOTO
DÉCOR NON MAIS SINON VOUS AVEZ QUE ÇA À FOUTRE DE LIRE LES CRÉDITS ? CONSEIL TOURNEZ LA PAGE BORDEL !
BIENTÔT EN MANIF POUR TOUS DANS VOS RUES

Le bon plan épilation laser

L'épilation, quelle corvée ! On le sait depuis longtemps, la solution la plus efficace pour s'en libérer définitivement est le laser, seulement cette technique peut vite s'avérer très onéreuse si on veut traiter toutes les zones !
Vous êtes-vous déjà posé la question de savoir où trouver des lasers en dehors des cabinets de dermatologie ? En plein dans le mille, Émile ! Dans les centres de laser game !
(Si vous n'aviez pas trouvé, ce n'est pas très grave. Par contre, si vous ne vous appelez pas Émile, c'est assez dommage car c'est un joli prénom.)

La marche à suivre pour une épilation à moindres frais

• Équipez-vous d'un short porté sans collants et d'un débardeur à larges ouvertures sous les aisselles (le laser ne fonctionne que sur poils rasés, donc n'oubliez pas le coup de rasoir sur les jambes et sous les bras)
• Rendez-vous dans le laser game le plus proche de chez vous

Une fois à l'intérieur

• Ne courez JAMAIS
• Ne vous cachez surtout pas derrière les abris
• Laissez-vous viser, en gros, soyez vraiment nulle !
• Placez des cibles lumineuses sur vos jambes et vos cuisses pour attirer les tirs sur ces zones
• Déplacez-vous les bras en l'air en offrant allègrement vos aisselles aux tirs de vos adversaires

À l'issue de cette séance, vous serez probablement passée pour une grosse quiche, mais personne ne pourra vous voler cette victoire secrète sur votre pilosité

La technique du laser game étant impossible à appliquer pour la zone du maillot sans passer pour une exhibitionniste, voici la marche à suivre pour une épilation définitive de cette zone

• Enfilez une jupe et une culotte échancrée
• Rendez-vous dans une boîte de nuit (un Chunga ou un Macumba suffiront, pas besoin d'un club hyper select)
• Repérez les points de passage des faisceaux laser et postez-vous en face d'eux sur le podium de façon à être surélevée
• Attendez les projections de fumigènes afin de protéger votre intimité
• Une fois embrumée, soulevez votre jupe à chaque passage de laser
• Effectuez cette manœuvre discrètement et le plus souvent possible

Icônne vous conseille fortement d'effectuer cette technique délicate en conditions de sobriété totale ! Une erreur de synchronisation fumée/laser peut vite arriver avec un coup dans le nez !
Le conseil de la rédac : rendez-vous en boîte en semaine pour un espace de manœuvre plus aéré.

Tuto coiffure : Icônne jusqu'au bout des cheveux

Voici les étapes pour réaliser facilement cette superbe coiffure passe-partout

- Sur cheveux humides, prenez une mèche et passez-la à droite
- Prenez une autre mèche et passez-la en haut à gauche
- Enroulez une 3e mèche autour des 2 autres en lui donnant la forme d'un phacochère
- Faites le poirier et secouez vos cheveux dans le sens des aiguilles d'une montre pendant quatre minutes
- Arrachez un cheveu
- Faites un paquet et donnez un coup de ciseaux dans le tas
- Fixez le tout avec un nuage de laque

La rédaction décline toute responsabilité en cas de mort capillaire.

La folie thigh gap

Le tigh gap, cet espace que l'on retrouve entre ses cuisses en position debout pieds joints, est plus que jamais à la mode cette saison. **On affiche fièrement notre trou cuissal !**

Malheureusement, on n'a pas toutes la chance d'en posséder un… Quoi que l'on fasse : sport, alimentation, **c'est une question d'anatomie**, et si nos cuisses se touchent, il y a très peu de chances qu'elles se séparent un jour. Si ce collé-serré anatomique ne vous arrange pas, voici **3 astuces pour acquérir un courant d'air magistral entre les cuissots !**

1. Ne vous déplacez plus qu'en faisant la roue. En position statique, pensez à garder vos jambes bien arquées (prétextez une nuit d'amour trop intense.)

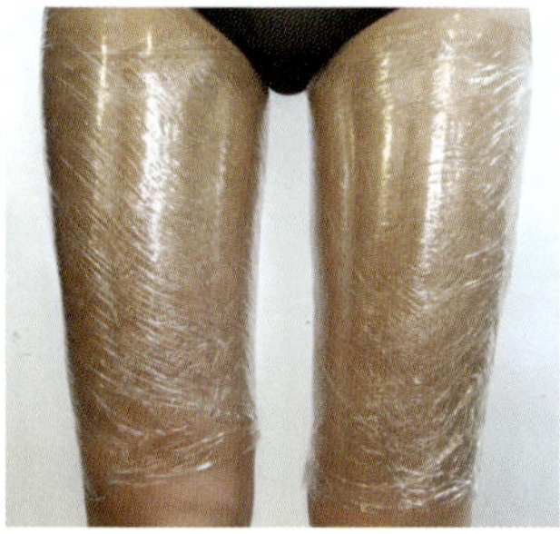

2. Enroulez vous fermement les cuisses avec du cellophane. Ne le retirez jamais plus.

3. Déménagez dans une région très froide. Vous y vivrez en combinaison de ski et ne vous préoccuperez plus de votre tigh gap.

Anna Weentour
son évolution capillaire

« J'aime la mode et le renouveau qu'elle insuffle. La diversité et le changement sont indispensables à mon style. »

1980

2000

2015

BRAÏE
Sick épil'
Il faut souffrir pour être belle.
Cet épilateur s'occupe de la douleur, vous n'avez plus qu'à vous préoccuper de votre apparence.
PIVOTING
FRESH AIR

La mode sous LSD

Kemar porte :

Un serre-tête lapin volé à un enfant lors d'une kermesse

Des lunettes qu'il trouve stylées parce qu'il est drogué

Une veste « petit poney » de la maturité

Un legging venu de l'espace du mauvais goût

Le space cake, pour faire voyager vos papilles !

Crottin de licorne ayant sniffé un arc-en-ciel
Natoo porte :
Une combinaison licorne en polyester magique qui la fait transpirer des fesses
Un rouge à lèvre à la crystal meth de la marque « Walter White »
Kitty porte :
Une authentique corne de licorne en ivoire gonflable...
Chaussons-licornes dopés aux paillettes
(Ils vous feront gagner n'importe quelle course à pied ou à vélo)
... Et tout le désespoir du monde de faire partie de ce shooting photo ridicule

Tendance : back to the 90's

À la rédac, on a le flair pour sentir les futures tendances. Et puisque la mode n'hésite pas à ressortir les dress codes des années 90, pourquoi ne pas pousser le détail jusqu'au bout des cheveux ? Au bureau, on a déjà toutes réadopté les *it-coiffures* de notre enfance/adolescence ! Faites-nous confiance, une coupe pareille c'est l'assurance d'être in et de ne pas passer inaperçue.
Conseil : peaufinez votre look avec un make-up discrètement tendance.

On adore les cheveux crêpés de Marjorie, retenus par un délicat bandana tressé. C'est la coiffure à adopter en night club si vous voulez vous éponger la transpiration du visage en toute féminité ! T'as le look cocotte !

Juliette arbore une coupe fraîche et destructurée, idéale pour aller au travail ou à un enterrement. Pour elle, tout roule comme sur des roulettes côté style !

Monique, 60 ans, en paraît 30 de moins grâce à l'effet lifting procuré par son palmier ultra serré. Trop chanmax !

Top délire méga groove !

Les couettes d'Audrey lui donnent un air juvénile qui en jette un max ! Elle peaufine son style de femme-enfant en laissant sa mère l'habiller tous les matins ! *So in* !

Ménopausia
Parce que la meilleure des protections hygiéniques, c'est la ménopause !
LIVRAISON À PARTIR DE 50 ANS !
GRATUIT !
Disponible dans tous les ovaires
Ménopausia
Aménorrhée et bouffées de chaleur
Efficacité garantie

CÔTÉ MINCEUR : LE BEST OF DES RÉGIMES !

La femme idéale à la télé, dans la mode ou au cinéma se doit absolument d'être mince ! Icônne, fan de diktats, approuve à 1 000% les nouveaux régimes fleurissant à chaque saison et les publicités de produits amaigrissants qui nous font nous sentir si bien dans notre peau !

Voici donc une sélection des meilleurs produits et régimes minceur pour vous aider à le devenir ou à le rester.

LE RÉGIME DUCON : Il consiste à se nourrir principalement de protéines, donc de viandes. Quel plaisir de ne me nourrir que de tranches de jambon superposées sur filet d'escalope et lit de foies de volaille !

Les petits plus

- L'état général de faiblesse qu'il peut engendrer à cause des carences alimentaires ! Chouette, j'ai la tête qui tourne comme à la sortie d'une montagne russe sans avoir eu à payer le prix d'une attraction !
- L'absorption massive de protéines engendre une haleine digne d'un poney sauvage : je fais voyager gracieusement mes collègues à la ferme.
- Je manque de fibres et donc je suis constipée : youpi, je suis une vraie princesse qui ne fais plus caca !

LE RÉGIME EN SACHETS HYPERPROTÉINÉS : On y retrouve les mêmes petits plus que chez son cousin Ducon mais on y ajoute des extras qui ne sont pas négligeables. Je mange lyophilisé : j'ai un point commun avec les astronautes ! D'ailleurs, j'ai même l'impression que mon cerveau flotte déjà un peu après avoir acheté un coffret d'une semaine de poudre à 210 €.

Les petits plus

- Mes collègues ne me piquent plus mes plats dans le frigo de la salle de repos.
- Terminé, les petits restos entre copains : je peux enfin rester chez moi et regarder *Josépine mange gourdin* tranquillement à la télé. Ça fait des années que je loupais ces excellents programmes *made in France* à cause de mes amis qui prétendent soi-disant profiter de la vie.

J'ai perdu entre 2 et 5 kilos en un temps record ! Love gastro forever !!

LE RÉGIME AMOUREUX : Je ne me nourris que d'amour et d'eau fraîche.

LE RÉGIME SOUPE AUX CHOUX : Je me nourris exclusivement de ce délicieux et fin breuvage !

Le petit plus : Je ne fais plus la queue nulle part ! Les gens s'écartent sur le passage de mes pets intempestifs et tonitruants ! Mon anus plein d'assurance me fera passer VIP à n'importe quelle caisse de France !

LE JEÛNE DE 30 JOURS : Avant même la fin de ce régime, on me retrouve allongée sur le carrelage de ma cuisine, le bras tendu vers mon frigo dans un stade de momification avancée. Je suis morte, mais ultramince, pari gagné !

LE RÉGIME RÉGINE : Je me teins les cheveux en rouge et je ne mange que des *petits papiers*.

Le petit plus : chaque passage aux toilettes voit naître une nouvelle sculpture en papier mâché.

LE RÉGIME TÉNIA : Je commande une pilule contenant une larve de ver solitaire. Je l'ingurgite et hop, je n'ai plus rien à faire ! Solidement ancré dans mon intestin grêle, mon ver solitaire se chargera d'absorber héroïquement toutes les vilaines calories qui engraissent mon body de déesse ! Enfin un animal de compagnie réellement utile ! Bien sûr, je n'oublie pas de lui donner un petit surnom affectueux : Rémi (comme le solitaire Rémi sans famille), X-Ténia (en hommage à X-tina Aguilera), Ver Onique… À vous de jouer !

LE RÉGIME PALÉOLITHIQUE : Il correspond à ce que les premiers humains mangeaient spontanément, de façon naturelle. Alors je me rends dans la supérette la plus proche vêtue d'une peau de bête synthétique, je charge mon Caddie de viandes, je rentre chez moi et je braise le tout dans le feu de camp que j'ai allumé au milieu de mon salon.

Le petit plus : L'argent n'existait pas au paléolithique, tout est gratuit si vous courez assez vite !

LE RÉGIME GASTRO : Je cherche de toute urgence une personne qui a la gastro ; je lui fais la bise, la serre de force dans mes bras, je lui arrache sa barre chocolatée entamée et m'enfuis en la dévorant. Cheveux ébouriffés, yeux écarquillés, filet de bave, chocolat sur les dents et rires suffocants, j'ai peut-être l'air d'une folle cachée en boule dans mon buisson mais j'ai accompli ma mission ! Je tombe enfin malade au bout de quelques jours et me vide littéralement durant 2-3 jours *non-stop* par tous les orifices dont j'ai été dotée à la naissance. Voilà, j'ai perdu entre 2 et 5 kilos en un temps record ! *Love gastro forever !*

Si vous ne l'avez pas commandée vous-même, cette tartiflette ne vous fera pas grossir.

LE RÉGIME YOYO : J'alterne des phases de régimes draconiens qui me permettent de perdre un peu de poids avec des phases d'orgie alimentaire qui compensent toutes les frustrations extrêmes que je me suis infligées et qui me font reprendre les kilos perdus. J'alterne ces deux phases à l'infini.

LE RÉGIME BOYFRIEND : Au restaurant avec mon copain, je commande une salade sans sauce et pioche allègrement dans l'assiette de mon chéri. Au moment du dessert, je décide de ne pas en commander, préférant manger 95% du sien. On reconnaît souvent les filles qui pratiquent ce régime à leur fameux « J'te pique juste une frite ». Partez du principe que si vous ne l'avez pas commandée vous-même, cette tartiflette ne vous fera pas grossir.

LE RÉGIME ÉQUILIBRÉ : Je mange varié et équilibré mais je m'accorde un ou deux excès par semaine, j'arrête de manger lorsque je n'ai plus faim, je fais au moins une demi-heure de marche par jour et je m'accepte telle que je suis au lieu de me torturer en faisant des régimes plus inutiles les uns que les autres… ON RIGOLE ! Y a rien à vendre dans cette formule, c'est pas intéressant !

L'ANNEAU GASTRIQUE : Grâce à un anneau placé autour de mon estomac, je suis rassasiée avec de faibles quantités de nourriture ! Alors je cherche un chirurgien peu scrupuleux qui acceptera de m'en poser un même si je n'ai qu'un léger surpoids, et je fonds pour la nouvelle collection de bagues d'intestin hyper tendance de chez Quartier ; en or rose, jaune ou gris, sertis de diamants ou de rubis... Je craque pour un modèle élégant et racé que je porterai en moi au quotidien ! Je suis chic jusqu'au bout du boyau !

LE PARFUM AMINCISSANT : Le principe est simple : j'asperge de parfum les aliments de diète les plus fades et insipides. Ma salade verte devient, après quelques pulvérisations de parfum « frites », un accompagnement qui me donne l'eau à la bouche !

Il existe un large choix dans le commerce : parfum fondue savoyarde, parfum cassoulet, parfum choucroute… Faites-vous plaisir !

LES SHORTS AMINCISSANTS, CRÈMES ET PATCHS MINCEUR : S'ils sont très efficaces, nous tenons à vous rappeler qu'il est primordial de les manipuler avec prudence ! Nombreuses sont celles qui ont vu leurs mains maigrir suite aux applications répétées de crèmes car elles oubliaient de les rincer après usage ! De même pour celles qui ont vu leurs pieds devenir rachitiques suite aux enfilements répétitifs de short amaigrissant ! Pensez à garder vos chaussettes pour éviter tout frottement avec ces shorts surpuissants aux vertus maintes fois prouvées. Le plus dangereux de ces produits restant tout de même le patch minceur ! Mal manipulés, ils peuvent se retrouver malencontreusement collés sur le cuir chevelu... Est-il besoin de rappeler les ravages du patch amaigrissant sur le cerveau humain ? Souvenez-vous de ce terrible épisode où les participants des *Chti'z* en Écosse s'étaient collé des patchs sur le front car ils manquaient de Post-it pour le jeu « devine qui je suis ? » !

ACTENIA
Il vous mange
de l'intérieur...
Et ça se voit
à l'extérieur !
ACTENIA
Pour votre santé, il est conseillé d'acheter nos produits 5 fois par jour. www.mangerpayer.com

LE *FOOD PORN* A DÉTRUIT MON COUPLE !

En quelques mois, la vie de Stéphanie a radicalement changé. L'addiction de son copain pour le *food porn* a totalement englouti leur vie amoureuse. Témoignage poignant.

Cela faisait 3 ans que j'étais avec Damien. Tout se passait très bien jusqu'au jour où notre situation amoureuse a commencé à se faire « dévorer » par sa nouvelle passion : le food porn.

Au départ, nous avions découvert cette tendance ensemble en tombant sur une photo Instagram d'un hamburger sous-titrée du hashtag *#foodporn*. J'ai d'abord trouvé marrant le concept de prendre des plats alléchants en gros plan et de leur mettre un filtre pour les rendre limite glamour... Mais très vite je me suis rendu compte que c'était bien plus qu'un concept « rigolo » pour Damien.

Au début, il se contentait de photographier les plats qu'il commandait au restaurant, et puis progressivement il s'est mis à photographier tout ce qu'il mangeait : au petit déjeuner il organisait une composition très géométrique de ses tartines posées à côté de son café, il faisait pareil avec les sandwichs de ses pause-déj' ... Ça devenait de plus en plus pénible ! Un jour, à l'anniversaire de ma meilleure amie, il a interdit à tout le monde de découper le gâteau avant qu'il n'aie pu prendre LA photo parfaite... Ça a duré une demi-heure, c'était vraiment gênant. Et puis il a voulu faire des photos de plus en plus chiadées avec son téléphone, du coup, il s'est acheté des éclairages de studio qu'il s'est mis à transporter en permanence avec lui… La situation était vraiment ridicule. Au resto, il branchait ses lampes avec une rallonge et effectuait un shoot à chaque mets déposé sur la table… Un jour, il a tapé un scandale dans un restaurant de sushis à volonté sur tapis roulant ! Ne parvenant pas à prendre ses photos, il a donné des coups de pieds dans le moteur du tapis pour le bousiller. C'était cauchemardesque. Damien avait même fini par se faire renvoyer car ses pauses-déjeuner étaient trop longues !

Un jour, je l'ai surpris en train de se masturber devant un site culinaire

En parallèle de cette addiction, notre vie sexuelle devenait de plus en plus catastrophique. Il déversait tout son désir sur la nourriture ! Au début, je trouvais drôle qu'il veuille remplacer le chocolat et la chantilly qu'on s'étalait sur le corps par des aliments moins classiques, mais le

jour où j'ai enlevé le bandage qu'il avait posé sur mes yeux et que j'ai découvert le petit salé aux lentilles qu'il avait étalé sur ma poitrine, j'ai cru que j'allais vomir ! Je ne sais pas ce qui est le plus dégueulasse : ça, ou le fait qu'il aie commencé à vouloir que je sois enceinte juste pour pouvoir faire du yaourt avec mon lait maternel…

Il est passé de trois repas par jour à plus de six ! Avant, j'adorais cuisiner, mais aujourd'hui mon corps ne peut plus suivre !

Je l'ai surpris plus d'une fois la salive au coin de la bouche en train de « mater » les assiettes avoisinantes au restaurant. Ce qu'il y avait sur la table ne lui suffisait plus !

Un jour, il est rentré sans vouloir manger ce que je lui avais préparé. Je l'ai surpris un peu plus tard en train de se goinfrer aux WC d'un plat qu'une « copine » lui avait préparé ! Il m'a juré qu'il ne le ferait plus et que c'était son amie qui avait insisté pour le lui offrir. J'avais été terriblement vexée et triste qu'il refuse ma salade frisée pour le plat de moules de son « amie » !

Et ce qui devait arriver arriva. Un jour, je l'ai surpris en train de se masturber devant un site culinaire en rentrant du boulot. J'ai alors fouillé dans son historique et il n'y avait que des recherches du type « courgettes luisantes », « tarte aux pommes chaude », « grosses saucisses juteuses »… Suite à cet événement, nous avons eu une longue discussion. Je pensais que cette dernière porterait ses fruits et que Damien se calmerait. Le lendemain, je l'ai surpris dans la cuisine, pantalon sur les chevilles, en train de faire l'amour à un kebab. J'ai su que c'était la fin.

Comment faire plaisir à votre boyfriend fan de foot ?

1 Arbitrez vos disputes !

Ne perdez plus votre temps à vous chamailler avec votre homme. **Économisez votre salive et votre patience en brandissant des cartons** : le message passera bien plus efficacement et rapidement !

- il vient de vider le paquet de cookies sans vous en laisser un seul : **sortez le carton jaune**. Il saura alors qu'il a fait une faute et doit se rattraper rapidement.
- il a oublié votre anniversaire : **sortez le carton rouge pour une exclusion de match** et envoyez-le sur le banc (ou le canapé) de touche.
- vous le surprenez en train de pratiquer un acte sexuel avec votre chien Rocky : c'est une **suspension définitive de jeu**.

2 Célébrez le foot au lit !

Il vient de vous procurer un orgasme ? Fêtez cette victoire en courant dans votre chambre avec votre nuisette relevée sur votre tête, les bras en l'air et en hurlant **« BUUUUUUUUT !!! Elle est au fooooooond !!! »** avant d'entonner l'hymne national. Il se sentira l'âme d'un champion, c'est garanti !

__Le détail sexy :__ teignez-vous les poils pubiens en vert gazon.

3 Adoptez une coupe de cheveux de footballeur

Capillairement parlant, le footeux offre un véritable défilé sur pelouse ! Fondez pour notre sélection des plus belles coiffures de footballeur, et profitez-en pour **mettre un coup franc dans le cœur de votre bien-aimé !**

4 Commentez sa vie en live !

Munissez-vous d'un casque et d'une brosse à cheveux pour imiter un micro et **commentez tous ses faits et gestes avec une voix de commentateur de foot**.

__Exemple__ : « Mais c'est formidable ce qui se passe là ! Il tient fermement sa poêle et fait entrer les filets de merlan dans la surface de réparation ! **Olalalala ! Que c'est beau !** Il fait une passe aux tomates qui mijotent dans le fait-tout et... **Ooooh mais c'est pas poooossiiiiible !** Elles sont hors jeu ! Ohlala, elles sont brûlées, c'est terrible, quelle défaite Christian, quelle défaite ! »

5 Ébahissez-le en citant les plus belles phrases de footballeur.

Observez le visage de votre moitié s'illuminer lorsque vous lui direz que « **la routourne va tourner** » ou « **c'est vrai qu'on vient de jouer contre une équipe qui sont vraiment très forte** » : quelle fierté pour lui d'avoir une copine qui cite du Ribery ! Piochez vos citations dans le fleuron des poètes en crampons :

« **Ça vous donne du pain à moudre** » L.Blanc

« **J'ai deux fils. Les vrais hommes font des fils** » Zlatan

« **Ça nous a remit les épaules sur la tête** » Bakary Sagna

Votre dulciné sera ébahi par tant de culture, alors entraînez-vous pour en mémoriser un maximum et semez-les au moment opportun !

__Exemple :__ « **On est une équipe qu'on va vite avec le ballon** », cette perle de Ribéry qui reste un maître en la matière peut très bien se placer après avoir vidé un « ballon » de vin rouge lors d'un apéro en amoureux !

Pour celles qui veulent pousser l'ambiance foot plus loin

- troquez vos talons pour des crampons
- réveillez-le avec un vuvuzela au beau milieu de la nuit pour lui faire revivre l'ambiance des stades.
- taclez-le pour arriver la première dans la salle de bains le matin
- faites-vous un body painting « double ballon de foot » sur votre poitrine
- installez un filet de foot grandeur nature dans votre salon. C'est moche, ça prend de la place et ça sert à rien mais il sera content

Beauf is the new chic !

Après le hipster barbu, le bobo négligé, le rockeur sombre, le dandy chic et le playboy musclé des années 90, force est de constater qu'un nouveau style d'homme est en train de faire mouche dans le cœur des femmes. Le beauf ! Longtemps pointé du doigt et raillé, le beauf, qui a toujours été à contre-courant de la mode, se voit à présent érigé en sex-symbol grâce à son esprit rebelle et impertinent. Nous avons interrogé quelques femmes sur ce nouveau phénomène.

Cynthia, 25 ans

Je suis actuellement en école de commerce et j'y subis une très forte pression. Du coup, j'aime rentrer chez moi et savoir que Jean-Mi m'y accueillera avec une paille en forme de pénis dans un verre de panaché et qu'il me fera décompresser avec ses t-shirts humoristiques ! Mes préférés sont ceux qui portent l'inscription « SDF : Sans Demoiselle Fixe » et « Vodka connecting people ». Avoir un beauf à la maison, c'est de la bonne humeur au quotidien !

Claudette, 28 ans

Mon mec est toujours là pour mettre l'ambiance ! En soirée, c'est lui qui lance les chenilles, au japonais il fait rire tous le monde en bridant ses yeux avec ses doigt et en demandant au serveur « Bondour, vous zavez du chien su la carte ? » et il est toujours prêt à tendre son doigt pour qu'on lui tire dessus ! Je ne m'ennuie jamais avec mon Kevin !

Léa, 19 ans

Je ne suis pas insensible à un joli mulet !

Clémentine, 31 ans

Ce que j'aime particulièrement chez les beaufs, c'est ce petit bout de ventre à bière qui dépasse de leur t-shirt trop court. Le summum du sexy, c'est quand le t-shirt est taché d'auréoles de gras ! Je trouve que c'est synonyme de farniente, de plaisir, de *carpe diem*... Ce style me vend du rêve !

Les astuces Icônne : Comment lui faire aimer le ménage ?

Vous vivez avec votre cher et tendre mais malheureusement ce dernier ne participe pas ou peu aux tâches ménagères ? Vous vous partagez les tâches mais vous aimeriez en faire moins, voire plus du tout ? Nous avons la solution ! Voici 3 produits ménagers conçus et pensés pour les hommes !

1

<u>1. Les lessives et produits désinfectants multi-surfaces</u>
Lajax offre une large gamme de produits aux parfums qui replongeront votre chéri dans ses plus belles soirées entre copains : lessive à la cacahuète, liquide vaisselle senteur pizza ou nettoyant pour sols parfumé à la bière... L'embarras du choix s'offre à vous ! Jamais vous ne l'aurez vu si heureux en passant la serpillière !

2

<u>2. La nichonge : l'éponge avec des nichons</u>
Cette éponge au design surprenant ravira l'œil et les mains de votre homme. Comme hypnotisé, il se jettera sur l'évier à chaque fin de repas !

3

Le chouchou de la rédac !

<u>3. La foot bross</u>
Si votre homme aime le foot, cette brosse de WC révolutionnaire le comblera ! En plus de son miniballon de foot au bout du manche, un mécanisme s'enclenche au moment de la pression de la brosse contre les parois de la cuvette des WC pour jouer l'hymne des Champions ! C'est donc sur un air héroïque, l'œil humide et la main sur le cœur que votre chéri veillera à ce que vos toilettes restent toujours immaculées !

TEST

ÊTES-VOUS SEXOCOMPATIBLE AVEC VOTRE COPAIN ?

<u>Question : Est-ce que son sexe s'imbrique dans le vôtre ?</u>

Réponse A : oui
Réponse B : non

<u>Réponse au test</u>

Vous avez répondu A : vous êtes sexocompatible
Vous avez répondu B : vous n'êtes pas sexocompatible

JIMMY
CHOU

LE SPORT AU BUREAU
ni vu ni connu !

Parce qu'on n'a pas toutes forcément le temps de se consacrer exclusivement au sport 3 ou 4 heures par semaine, Olga nous livre toutes ses astuces pour se muscler incognito au bureau !

N'hésitez pas à ajouter une brique pour plus d'efficacité !

1

Si je me rends au travail en métro, je pars un peu plus tôt de chez moi, je descends deux stations avant mon arrêt et j'en profite pour me tonifier en... appelant un taxi ! C'est le matin et beaucoup de taxis sont déjà occupés. Je lève très haut le bras à plusieurs reprises pour tenter d'en arrêter un et je change de bras tous les dix mouvements. Du bras qui travaille, je tiens évidemment mon attaché-case fermement pour un exercice plus intense des épaules.

2

J'arrive dans le hall d'entrée de ma société ; je privilégie évidemment l'ascenseur aux escaliers. À cette heure de pointe il est bondé et il serait mal venu de laisser s'échapper une flatulence alors je serre très, très fort les fessiers pour éviter tout accident !... Tiens, ça sent mauvais d'un coup et Christelle devient toute rouge... La pauvre, elle ne lit pas Icônne visiblement !

3

Je salue mes collègues en leur serrant la main (prétextez un rhume virulent afin d'éviter la bise). Vous connaissez cette poigne très ferme qui écrase les phalanges ? Eh bien, c'est à vous de la distribuer ! Je sers au maximum en gardant le bras tendu et secoue énergiquement pour solliciter les avants-bras et les biceps. Même si ce n'est pas l'usage, je change de main à chaque « bonjour ». Sachez que les individus qui vous ont déjà broyé la main en vous saluant ne sont pas de simples connards hautains qui essaient de vous prouver une quelconque supériorité mal placée mais juste de grands sportifs.

4

À peine installée à mon poste, Jean-Benoît arrive pour distribuer le courrier ! Je ne le laisse pas venir jusqu'à moi et prends littéralement les devants en m'allongeant à plat ventre sur mon bureau. J'étire les bras jusqu'à JB et relève le buste et les jambes au maximum. Le courrier est récupéré et mes lombaires sont tonifiées.

5

C'est déjà l'heure de la pause ! Je vais à la machine à café et m'octroie un potage à la tomate amplement mérité. J'en profite pour gainer ma taille sur mon ballon de gym malgache que je cache habituellement derrière le ficus artificiel de la compta. Eudes, le nouveau petit stagiaire sexy, semble époustouflé par mon allure !

Bingo ! Il est séduit !

6

Je sollicite tous les muscles de mon corps en consultant mes mails en position du pont. J'ajoute une difficulté : je décolle alternativement et rapidement chaque main pour taper sur le clavier et envoyer mes e-mails.

7

À présent je file en salle de réunion où l'on doit présenter la nouvelle campagne de publicités aux clients Danoune. Je ne prends pas de chaise, je reste tout le long de la réunion, jambes fléchies à 90°. En même temps que je maintiens ma position de chaise invisible j'en profite pour effectuer une gymnastique faciale : je regarde les clients droit dans les yeux en écarquillant mes paupières au maximum et je sourie le plus largement possible en serrant les dents… JB me demande si je suis constipée. L'imbécile ne se doute de rien !

8

Je retourne à la machine à café où discute un groupe de collègues. Je me joins à leur cercle et invente un potin scandaleusement croustillant à leur raconter à voix basse. Avant de les quitter, je leur précise qu'il ne faut absolument pas répéter mon secret et que *ça doit rester entre nous.* Je regagne mon bureau et attends. Dix minutes plus tard, Christelle arrive en trombe et me demande en criant : « Mais pourquoi t'es allée raconter à tout le monde que tu m'as surprise en train de chier dans la photocopieuse ce matin ?! T'es tarée ?! J'vais te démonter ! » C'est là que commence votre séance de catch ; esquivez les coups de Christelle et essayez de la maintenir plaquée contre la photocopieuse malgré ses gesticulations. On travaille ainsi le cardio-training et la totalité de sa musculature.

À l'issue d'une semaine d'exercices, mon patron me convoque dans son bureau. Au lieu de me féliciter sur mes performances sportives et ma tonicité, il m'annonce que la société va connaître une restructuration budgétaire et qu'il va devoir se séparer de certains employés. Sa décision n'est pas encore prise mais il me tiendra au courant avant la fin du mois. Cette fois je vais serrer les fesses dans tous les sens du terme… SUPER !

Les USA à portée de main !

Qui n'a jamais rêvé de voyager aux États-Unis ? New York, Miami, Los Angeles, San Francisco, le Far West… Tant de lieux mythiques ! Malheureusement, votre portefeuille est à la diète et ne vous permet pas de vous y rendre… Rassurez-vous, Icônne est là pour vous offrir les USA sur un plateau de frites grâce aux spots parisiens *so american* que nous avons dénichés !

ENVIE DE... NEW YORK ?

Rendez-vous évidemment sur l'île aux Cygnes dans le XVme. À proximité du pont de Grenelle où se trouve la réplique de la statue de la Liberté ! D'une hauteur de 11,50 mètres, elle est plus petite que l'originale (46,50 mètres) mais en prenant une photo en contre-plongée vous pourrez néanmoins faire croire à tout le monde que vous êtes sur l'Ellis Island de NYC !

Pour les gratte-ciel, icônes de New York, une escapade à la Défense s'impose ! Des gratte-ciel, ça reste des immeubles avec beaucoup d'étages, de fenêtres, et de gens qui dépriment dedans, alors qui fera la différence entre ceux de Paris et ceux de New York ?

ENVIE DE... HOLLYWOOD ?

Prenez un chewing-gum.

Broadway

Pigalle

ENVIE DE... BROADWAY ?

La section de Broadway située au niveau de Times Square est le quartier des pièces de théâtre et des comédies musicales de New York. C'est aussi l'endroit ou clignotent des centaines de panneaux lumineux multicolores ! Où retrouver l'esprit de ce lieu magique alliant art et effervescence lumineuse ? À Pigalle, *of course* ! Derrière les enseignes clignotantes et les néons grésillants se cachent des projections et des shows de danse du meilleur goût ! Broadway regorge également de fast-foods et de boutiques souvenirs comme sa petite sœur du XVIIIme arrondissement. Alors suite à votre représentation culturelle dans l'un des peep-shows du quartier, n'hésitez pas à déguster un kebab bien gras et à pousser la porte (ou le rideau de velours défraîchi) d'un sex-shop pour vous y acheter de sympathiques souvenirs ! Notre *must have* : le vibromasseur tour Eiffel !

Paris Plages

ENVIE DE... MIAMI BEACH ?

Paris n'a rien à envier à Miami côté plage ! Eh oui, nous aussi nous avons des bancs de sable blanc donnant sur ~~un océan~~ de l'eau ! Tremble, Miami Beach, car nous en France, nous avons Paris Plages ! En comparant les photos, on se rend compte de la ressemblance flagrante de ces deux endroits ! Alors on enfile son plus beau string bikini fluo pour se mettre dans une ambiance Floride, on s'imagine que les pigeons sont des flamants roses et on n'hésite pas à se jeter dans la Seine. Faites semblant de vous noyer pour vous faire sauver par le magnifique sauveteur ~~Steve~~ Jean-Jacques.

Miami

ENVIE DE...

SAN FRANCISCO ?

Aaah San Francisco ! Son *Golden Gate Bridge*, ses quartiers hippies, ses collines... et ses *cable cars* ! Vous savez, ce sont ces minitramways typiques de SF qui gravissent n'importe quelle pente ardue de la ville ! Ils font partie des attractions phares des touristes, qui n'hésitent pas à faire une heure de queue pour pouvoir y monter. Mais est-ce que ça vaut vraiment la peine de prendre un billet d'avion pour ça ? Évidemment que non ! À Paris, nous avons aussi notre *cable car* en pente : le funiculaire de Montmartre fera parfaitement l'affaire ! Son voyage ne dure pas plus de deux minutes, nous vous conseillons donc de rester une à deux heures à bord de votre cabine afin d'effectuer plusieurs allers-retours non-stop ! Coincée au milieu des touristes suintants, vous retrouverez les mêmes sensations que dans les *cable-cars* de SF !

ENVIE DE...

TEXAS ?

Vous rêvez de chevaucher un cheval fougueux tel un cowboy dans son ranch ? Ni une ni deux, habillez-vous d'une chemise à carreaux, d'un jean et coiffez-vous d'un chapeau pour vous rendre au centre équestre de la Villette ! Une horde de poneys rugissants vous y attend ! Cheveux au vent, pieds frôlant le sol, vous galoperez dans l'arène tandis que votre lecteur MP3 diffusera de la bonne *country music* dans votre casque ! N'hésitez pas à convier les copines que vous respectez le moins et faites-les courir dans tous les sens en meuglant afin de les attraper au lasso telles de bonnes vaches vigoureuses ! Vous vous fendrez toutes « vachement » la poire ! Haha !

Las Vegas

Le bar du marché

ENVIE DE… LAS VEGAS ?

Vous voulez être gagnée par la fièvre des jeux d'argent ? Il y a certes des casinos en France mais vous n'êtes même pas obligée de vous déplacer jusqu'à eux. Rendez-vous chez le buraliste le plus proche et offrez-vous moult jeux à gratter et grilles de paris ! À Las Vegas vous pouvez jouer tout en vous délectant d'un cocktail, alors installez-vous au comptoir du bar de votre *bubu* (surnom affectif donné à votre buraliste) et commandez-vous un p'tit d'mi. C'est parti pour une frénésie haletante de grattages, de paris de courses de chevaux et de tirages au sort ! Toutes ces activités seront agrémentées de discussions philosophiques de Dédé, complètement ivre comme d'habitude, et de bonnes blagues salaces habilement contées par Bernard le violeur de poules ! Beaucoup plus typique et grisant qu'à Las Vegas, au final !

LE PETIT DÉTAIL QUI TUE !

Plus de 50% de la population américaine est équipée d'une arme à feu, alors on peaufine son style spécial USA et on craque pour ce joli pistolet rose flashy *so girly* qui apportera une touche de peps à votre tenue ! Le port d'arme étant interdit en France, attention à ne pas vous faire contrôler ! Vous êtes hors la loi, mais vous êtes top tendance, hihi !

Et voilà, vous avez voyagé à moindres frais grâce à Icônne ! Dans le prochain numéro, découvrez les mystères du Groenland en vous cachant une semaine dans un congélateur industriel.

La question sport : comment réussir sa séance de fitness ?

1. Je choisis une **tenue de sport** à la mode dans laquelle je me sens confort et sexy.

2. Je **commence** ma séance de sport.

3. J'**arrête** au bout de 10 minutes.

4. Je me saisis de mon téléphone pour **prendre un selfie**. Je m'empresse de le poster sur Instagram en ayant pris soin de choisir le bon filtre, la bonne légende et de ne surtout pas oublier les hashtags les plus populaires ! Voici un exemple description de photo réussie :
« On lâche rien ! Work hard for what you want ! #workout #fitness #training #pilates #yoga #running #musculation #feelgood #happy #sweat #muscles #motivation #selfie #curling #selfesses »

5. Une fois la photo postée, **ma séance est terminée**. Je checke le nombre de likes et de commentaires. Je rentre chez moi et je prends soin de poster un statut palpitant sur facebook du type « Je me ressource après toutes ces calories brûlées avec quelques sushis frais et puis direction fiesta avec les copains ! #lovelife #récupération #foodporn #fooding #health #chill »
Je passe ma soirée **sur mon ordinateur en mangeant des chips**.

Dans le prochain numéro d'Icônne, la question sport sera « Yoga : le pet de fouffe est-il une fatalité ? » Stay tuned !

BOURJONS
PARIS
Ride du lion
effacée
Avec Ridexpert 4D,
votre peau est si rajeunie
que vous retrouvez
votre acné juvénile.
Efficacité
prouvée sur la
patte d'oie
Porcs
resserrés
Rides de la
pigeonne repulpées
J'ai retrouvé ma peau d'adolescente !
Je me sens si jeune que tous les
samedis, c'est soirée mousse.
Brigitte, 43 ans
RIDEXPERT 4D
ÇA MARCHE, PROMIS JURÉ
BOURJONS
Crème antirides

La sunday messe : LA sortie du moment !

Voici la nouvelle activité hype du moment : la messe du dimanche ! Oui, oui, vous avez bien lu ! Cette pratique de plus en plus délaissée par les nouvelles générations a été remise au goût du jour par deux jeunes hipsters. Rencontre avec Hyppolite et Barnabé, les deux prodiges parfumés à l'eau bénite qui ont relancé le mouvement.

Icônne : Pourquoi avoir voulu remettre la messe au goût du jour ?

Hyppolite : En fait, c'est arrivé tout à fait par hasard. Il était 8h du mat' et avec Barnabé on rentrait d'une soirée underground minimaliste pour aller prendre un kebab végétalien aux pousses germées de soja. Et puis d'un coup ma trottinette à énergie solaire est tombée en rade devant une église qui ouvrait ses portes. C'était ouf !

Barnabé : Ouais, on s'est vraiment sentis attirés vers l'intérieur de l'église ! Je suis descendu du side-car de trottinette d'Hyppo comme hypnotisé. Une fois dedans, il faisait frais, les vitraux donnaient un côté *lounge* au lieu, il y avait un bon son d'orgue et une bonne réverb'. On a tout de suite *liké* le lieu !

Hyppolite : Ouais, c'est clair ! Tout était stylé, même le prêtre avait le *swag* christique avec sa robe *oversize color-block* du haut de sa chaire. Du coup, après on a commencé à organiser des *afters* tous les dimanches matin dans différentes églises. On a créé une page Tumblr *Sunday messe* qui regroupe plus de 3 500 abonnés.

I : Comment expliquez-vous ce succès ?

B : Une église c'est reposant, après une soirée pleine d'infra-basses, ça permet de calmer ton subconscient. Les chants religieux sont super planants. Notre pote Romy est même entrée en transe la dernière fois ! Elle nous a dit que c'était plus fort que de la drogue ! Et puis la petite touche *preppy hype,* c'est quand le prêtre te dépose une hostie sans gluten sur la langue. C'est putain d'authentique ça mon gars !

H : Clair que c'est kiffant, mais on y va surtout parce que plus personne d'autre ne le fait et qu'on est toujours à contre-courant des tendances de la masse populaire. Genre tous ces gens qui portent des t-shirts, des bijoux, voire des tatouages de croix même quand ils sont athées, c'est dépassé. Nous on ne suit pas cette mode, on la vit.
B : C'est ça, c'est un pur mode de vie, d'ailleurs j'ai arrêté de fumer la pipe, c'est trop *mainstream*, je ne fume désormais que des roulées aux feuilles de bible.

I : Et quel avenir voyez-vous pour ce culte qui débute ?
B : Avec Hyppo, on veut devenir les missionnaires du style, et partir prêcher la bonne parole et le bon goût. Car désormais, nous ne sommes plus des *hipsters*, mais des *christers*.

L'interview se termine par un échange de smize *(contraction de* smile *et* eye *: sourire avec les yeux). Désormais, une chose est sûre, Icônne vous a donné la foi.*

GTA pour filles !

Les gameuses vont être ravies : **GTA sort enfin en version filles** ! Pour cette édition, la signification des initiales sera *Glitter Totally Adorable* ! Chez Icônne on est déjà fan !

Le jeu sera entièrement pensé et dédié aux femmes ; c'est pourquoi il ne se déroulera pas aux États-Unis mais à **Paris, la capitale de la moooode** ! Le jeu vous permettra d'incarner une héroïne toute de rose vêtue dont les missions principales seront de braquer des boutiques de fringues, d'aller mater des chippendales dans des bars à strip-tease, et de faire des courses de chariot dans des supermarchés pour être la première arrivée à la caisse ! Le petit plus qu'on adore : **taper les filles habillées pareil que nous dans la rue** !
Certains crient au sexisme et à la misogynie mais nous on soutient à fond ce jeu révolutionnaire... Et on n'écrit pas ça parce qu'on a été payées pour la publication de cet article élogieux !
L'EXCLU ICÔNNE : Débloquez la carrière *Dealeuse de recettes du terroir* grâce au code « QuicheAuxPoireaux ».

La mode do it yourself :

Home sweet home !

Réalisez vous-même des tenues tendance, originales et surtout pratiques en sublimant ce que vous trouverez chez vous ! Icônne vous propose de déceler le potentiel caché de trois pièces où la mode bat plus fort. Vive le *Do It Yourself* !

Marion porte :
Une ***toque-modèle*** cousue main,
un bustier ***C'est L'alu***
en aluminium alimentaire et couverts en inox,
une ceinture spatule et louche de ***chez Gilles,***
une jupe céleri modèle ***rave-party***
et un sac à main ***Carol Casserole***

Gisele porte :
Une robe de mariée
À coucher dehors
en couette duveteuse
parsemée de peluches,
un headband cache-yeux
à paillettes et message
positif,
une ceinture de peignoir
en satinette
et des chaussons ***À peine mariée, je porte déjà des cornes***

Léa porte :
Une robe haute couture
de chez **Molton'Elle**
(prix sur demande),
un bracelet et un bandeau-nœud
de la **maison P&Q**,
Mise en beauté par **Chianel**
Parfumée à l'eau de toilettes
Popo Mademoiselle

East Coast VS

West Coast...

de France

La mode venue de nos terroirs

Le séjour totale détente

Voici un nouveau genre de vacances qui cartonne depuis son lancement ! Le thème de ce séjour est simple, mais il fallait y penser : la télé-réalité ! Mais oui, quoi de plus relaxant et de délassant pour votre cerveau qu'intégrer une villa de télé-réalité ? Les agences de voyages Endemolle ont révolutionné les vacances grâce à ce concept ; Harmonie a testé pour vous une semaine en pension complète à Mykonos !

JOUR 1

Nous arrivons à la villa. Nous sommes 5 filles et 5 mecs. Rapidement, nous sommes conviés dans le salon pour un petit débrief. Frederico, notre « nounou » bodybuildée, nous explique le déroulement du séjour. Des cameramen vont nous filmer 24/24h car nous allons avoir un public qui nous suivra sur Internet ! Il nous invite à arrêter de réfléchir : « Vous prenez votre cerveau et vous le mettez dans une boîte ! Ici, c'est relaxation totale des neurones ! » On peut parler sans réflexion préalable, faire des fautes de conjugaison et ne pas articuler ! Le top ! Il faut offrir des occasions à notre public de se foutre de nos gueules et de le faire sentir plus intelligent que nous ! On a hâte de commencer à divertir la France.

VOUS PRENEZ VOTRE CERVEAU ET VOUS LE METTEZ DANS UNE BOÎTE !

JOUR 2

C'est la journée cocooning et relooking. Cristina emmène les filles en virée shopping. Elle nous apprend à marier les imprimés léopard avec les couleurs fluo. Que notre corps soit en H ou en X, les décolletés doivent être plongeants et les jupes très courtes. Le soutien-gorge push-up jusqu'au menton est de mise. Après ce shopping de rêve nous sommes guidées dans un salon de beauté pour un petit make-up. Fond de teint orange, contour des lèvres au crayon marron, faux cils, lentilles de couleur bleue et faux tatouages tribaux nous subliment ! Nous avons même le droit à des extensions de cheveux qui nous arrivent aux fesses ! « WAOU vous êtes *sublaïmes* ! » Transformées, nous sommes parées pour rejoindre les garçons en boîte de nuit. Au Pachunga, ils sont déjà sur le cube VIP qui nous est réservé. Qu'ils sont beaux avec leur marcels moulants, leurs shorts à motifs hawaïens et leurs cheveux durcis par le gel !

JOUR 3

Fatigués par notre nuit, nous continuons à faire la sieste tout l'après-midi sur nos transats au bord de la piscine. Mélanie, une vacancière, se confie à moi en m'étalant de la graisse à traire sur le dos : « J'croive que j'me suis *never* sentie si zen », « Ouais c'est clair qu'on est relaxionnés ! » je lui réponds. Frederico arrive alors avec une surprise de taille : Kim Kardashiante est là en personne... Enfin, son sosie officiel ! On se met toutes à pleurer d'émotion, c'est incroyable ! Les cameramen n'en ratent pas une miette et n'hésitent pas à zoomer sur la petite morve qu'a laissé s'échapper Mélanie.

Nous lui posons un tas de questions et elle nous raconte comment elle a réussi à devenir une *it-girl* en ne faisant rien. C'est un véritable modèle pour nous ! Une fois partie, nous nous rendons tous pour une nouvelle nuit de folie au Pachunga ! Sous la lumière des stroboscopes, je sens un rapprochement entre Pablo et moi alors que nous nous frottons sur le dernier tube dance de David Guetho...

JOUR 4

Il est 16 h lorsque je me réveille. La tête un peu embrumée, je fais tomber mon bol de céréales par terre. Je suis immédiatement convoquée au confessionnal pour raconter cet incident en détail. Frederico vient ensuite nous chercher car nous avons rendez-vous dans une agence de mannequins. Notre objectif est de réussir à signer un contrat suite à un shooting en maillot de bain. Nous sommes tous très motivés et huilés. Je donne le meilleur de moi-même dans mon trikini doré mais je ne serai pas sélectionnée... aucun de nous, d'ailleurs. En sortant, Cindy glisse sur une flaque de monoï et se tord la cheville ! La pauvre, elle ne pourra pas venir avec nous au Pachunga ce soir !

JOUR 5

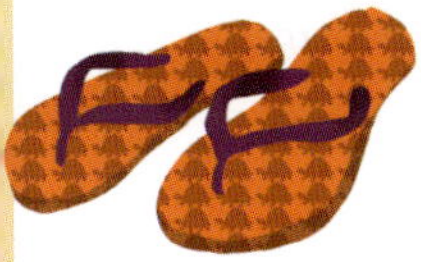

Il est 17 h quand nous nous réveillons. Alors que nous prenons tranquillement notre petit déjeuner, Kévin, d'humeur taquine, décide d'écraser une assiette de chantilly sur le visage d'Annabelle ! Cette dernière se rue vers le frigo et en sort du ketchup dont elle asperge Pablo par erreur ! Kévin se saisit d'un rôti de veau et le lance sur Cindy qui glisse sur un morceau de gélatine et tombe en se tordant la deuxième cheville ! Tout le monde rigole sauf Cindy qui commence à nous faire la morale sur le gâchis de nourriture et la faim dans le monde. « C'est bon qu'tu peux t'détendre pauv' meuf. » lui lance Stéphanie. Débute alors un long clash entre Cindy et Stéphanie. Elles se tirent les extensions et se donnent des coups dans les seins... heureusement que les *push-up* épais de 12cm amortissent les coups ! Finalement c'est JB qui apaise les tensions en déclarant « Mais pourquoi que vous vous avez fighté les girls ?! Ce soir c'est *Pachunga night fever* ! ». Sa déclaration met tout le monde d'accord et nous éclatons tous de rire, même les filles ! Je les aide à recoller leurs faux ongles tombés dans la bataille et on file au Pachunga !

Ce soir, c'est *caliente* ! Quand on rentre avec Pablo, on passe à l'acte. Ce qui est un peu ennuyeux c'est qu'un cameraman nous filme en vision nocturne dans l'entrebâillement de la porte ! On se cache sous les draps pour un peu plus d'intimité et on se dit qu'avec ce passage, on va sûrement buzzer sur Internet !

JE DONNE LE MEILLEUR DE MOI-MÊME DANS MON TRIKINI DORÉ

JOUR 6

C'est l'avant-dernier jour ! On est un peu tristes et on veut profiter de cette journée au maximum, alors on se lève tous plus tôt que d'habitude (15 h 30) et on improvise un lipdup sur *Call Me Maybe* au bord de la piscine ! On s'amuse comme des fous ! On décide de refaire une dernière bataille de nourriture dans la villa et cette fois Cindy s'en donne à cœur joie en balançant une pastèque sur la tête de Kévin ! On termine par une bataille d'eau au karcher dans le salon et on tapisse les murs avec de la mousse à raser ! La maison est saccagée mais *qu'est-ce qu'on a rire* !

Pablo me prend à part et m'emmène dans le local poubelles pour me parler en tête à tête. Il me tend un cadeau ; j'ai le cœur qui bat à la chamade ! C'est une chaîne avec une plaque en argent portant une photo sérigraphiée de nous ! Je pleure de joie et je lui propose d'emménager avec moi à Paris ! Ému, il me demande ma main et j'accepte ! Lorsqu'on sort du local poubelle, on tombe nez à nez avec un prêtre déguisé en Elvis convoqué en urgence par la production qui nous espionnait ! Nous sommes ravis ! Nous nous marions devant le jaccuzzi recouvert de ballons en forme de cœurs ! C'est le plus beau jour de ma vie et je suis fière de le partager avec des internautes qui mangent des chips en nous regardant. Après plusieurs minutes de réflexion sur le lieu de notre nuit de noces, nous décidons finalement à l'unanimité de la passer au Pachunga. Bien nous en a pris puisque le gérant nous offre une bouteille de mousseux et une place sur le patio du cube VIP ! Le disc-jockey nous fait même une dédicace et tout le monde se met à danser le kuduro en notre honneur ! J'ai l'impression de vivre un rêve éveillé ! Sauf que c'est réel. En sortant de boîte, nous nous faisons tatouer sur le poignet nos initiales serties d'un cœur par-dessus lequel saute un dauphin ! Ce qui est trop rigolo,

c'est que nos initiales (Harmonie Trouville et Pablo Quézada), eh bah ça fait HTPQ, c'est quand même super pratique pour s'en souvenir quand on fait les courses.

JOUR 7

C'est la fin ! On passe l'après-midi dans les bras les uns des autres à pleurer et on flippe de sortir de la villa ! On sait pas comment ça se passe à l'extérieur ! On veut pas se quitter, c'est trop dur ! On jure de continuer à se voir une fois chez nous parce qu'on est tous devenus des *best friends forever* ! Frederico nous re-convoque dans le salon. Il nous dit que ça va être difficile mais qu'il va falloir réapprendre à utiliser son cerveau ! Les vacances sont terminées et il faut regagner son quotidien. Chacun se voit doté d'un Becherel. On nous remet aussi le DVD de nos vacances, entièrement filmées. Ça va en faire de beaux souvenirs à montrer à nos petits-enfants...

CONCLUSION

J'ai vraiment adoré ces vacances. Jamais mon esprit n'a été aussi relâché ! Les êtres humains utiliseraient 10% de leur cerveau, je suis allée jusqu'à en utiliser 0,01% ! Même si je suis en instance de divorce et que je me fais des séances de laser pour me détatouer, je n'hésiterai pas à y retourner l'année prochaine ! YOLO ! comme dirait mon ex-mari.

Au secours ! Je passe un week-end à la campagne !

Vous êtes une Parisienne pure souche et vous êtes obligée de vous rendre à la campagne ? La raison de votre périple doit sûrement être très importante pour vous obliger à passer au-delà de la frontière naturelle du périphérique, mais rassurez-vous, nous vous donnons quelques gestes et attitudes à adopter pour survivre à ce week-end hors de la civilisation !

Des gens vous sourient et vous saluent ?
Tranquillisez-vous, ce n'est pas une agression ! Il est de coutume de leur rendre leur salut. Aucun mal ne vous sera fait ! Cette tradition ancestrale semble très répandue en province : il est de coutume de leur répondre en articulant (tant bien que mal) les syllabes « BON-JOUR » et de contracter vos joues pour montrer vos dents à votre tour.

Il est de coutume de répondre « BON-JOUR »

Lorsqu'un manque de votre dose quotidienne de pollution se manifestera, ruez-vous prestement vers le premier pot d'échappement venu. Inspirez profondément et à plusieurs reprises. Les nombreux tracteurs présents dans les alentours devraient suffire à combler le manque.

Le calme de la campagne vous angoisse ? Avant de partir, prenez soin d'enregistrer le chant mélodieux des bouchons sur votre téléphone. Le rythme des klaxons et des insultes de chauffeurs telles que *avance connasse !* en heure de pointe apaisera votre anxiété !

Dans votre patelin, le métro n'existe pas ! Heureusement que le parfum Métropolitain existe. Vaporisez quelques gouttes au creux de votre cou pour retrouver les senteurs de transpiration, d'égout, d'œuf pourri et de blatte écrasée directement inspirées par vos trajets quotidiens.

Si vous discutez avec les autochtones du coin, ne riez pas lorsqu'ils vous raconteront que le loyer de leur pavillon avec jardin est inférieur à celui de votre chambre de bonne. Faites semblant de croire à leur mensonge. Remettre leur parole en doute pourrait les froisser et sachez qu'ils n'hésiteraient pas à vous embrocher sur une fourche !

Félicitations, vous êtes désormais parée pour partir en expédition. En revanche, Icônne vous encourage à ne pas y séjourner trop longtemps afin de ne pas devenir vous-même une bouseuse… Comment ? Nous, snobs ? Ah mais non, on n'a rien du tout contre les paysans, hein, j'ai une copine qui fait ses soupes elle-même et ma femme de ménage est de Franche-Comté, alors franchement je trouve qu'on est super *open-minded.*

Christelle Konäss

L'ACCESSOIRE PRATIQUE !

On a souvent l'air cruche lorsque l'on a une conversation téléphonique dans la rue via son oreillette Bluetooth. Tant que les gens ne la voient pas, ils ont tendance à penser qu'on est une espèce de folle qui parle toute seule ! Pour éviter tout quiproquo, voici le kit bluetooth que l'on attendait : une oreillette en forme de téléphone portable qu'il faut tenir en main. Envolés les regards inquisiteurs ! Grâce à votre oreillette bien visible dans votre main, plus personne ne vous juge ! Malin, non ?

Le vrai téléphone est là !

Horoscope félin

Vu que les humains connaissent déjà leur avenir (me servir moi et mon espèce), voici l'horoscope de ceux qui comptent vraiment : les chats.

Humeur : Vif comme le frelon, mortel comme le scorpion, sautez sur les pieds de votre maître dès que ceux-ci bougent d'un centimètre. Mordez aussi fort que possible et plantez vos griffes dans ses mollets.
Amour : Pour que chacun maintienne son jardin secret, cessez de chier dans sa litière.
Argent : Aviez-vous vraiment besoin d'un grattoir de 4 mètres de haut en forme de château médiéval ?

Humeur : Vous vous sentez particulièrement épanoui cette semaine. Vous avez déjà cassé le vase préféré de votre humain et vous avez vomi sur sa nouvelle tablette, tout va pour le mieux.
Amour : Vous avez la queue entre les jambes, ce mois-ci n'est pas le vôtre.
Argent : Vous êtes à sec. Prenez exemple sur Catwoman et allez donc cambrioler quelques humains.

Humeur : Vous êtes d'humeur joueuse ? Pourquoi ne pas vous cacher dans un endroit improbable et laisser votre humain vous chercher pendant des heures le jour de son départ en vacances ? Vous gagnez la partie s'il rate son avion ou son train.
Amour : Oubliez ce chat, il est en chien.
Argent : Tout va bien pour vous, vous êtes un aristochat, votre humain n'a décidément que des avantages, en plus d'être mort, il vous a légué sa fortune et des domestiques à votre service.

Humeur : Hmmm, poisson. Votre signe a du goût.
Amour : Votre relation avec la chatte de la voisine va finir en queue de poisson.
Argent : L'humain miniature que vos humains ont introduit sous votre toit vous dérange ? Vendez-le sur Internet, après tout ils ne se gênent pas pour faire pareil avec des chatons.

Humeur : ROAR.
Amour : ROAR.
Argent : Poussy-poussa

Humeur : Vous ne savez même plus pourquoi vous crachez sur votre humain ? Dans le doute, continuez.
Amour : Vous n'avez eu que six chatons dans votre dernière portée ? Persévérez, la prochaine fois ils seront douze ! La multiplication de votre espèce est nécessaire à votre domination sur le monde !
Argent : Vous avez bien compris que la vieille cachait ses économies dans son matelas. Continuez à vous faire les griffes dessus pour vous faire des couilles en or.

Humeur : Si votre maître pense que vous lui léchez les mains par affection, laissez-le y croire, cet idiot cuisine du poisson depuis une demi-heure et n'a toujours pas fait le rapprochement.

Amour : Grumpy Cat est un sex-symbol. Pour draguer, prenez exemple sur sa joie de vivre.

Argent : C'est votre humain qui a un crédit, pas vous. Profitez-en pour vous faire plaisir en refaisant la déco, de toute manière, vous n'aviez jamais pu les sentir, ces rideaux. La moquette non plus. Ni le canapé. Ni le bras de votre humain.

Humeur : Ce soir, c'est cat-fight. N'hésitez pas à hurler de toutes vos forces quand vous vous battrez sous les fenêtres de vos humains. Ils ne vous prêtent aucune attention en dormant, c'est inacceptable, vos miaulements les réveilleront.

Amour : Cette folle aux chats qui vous a adopté semble attendre plus de vous que ce que vous êtes prêt à donner. Les douze autres chats qu'elle possède déjà vous ont prévenu de sa bizarrerie. Fuyez dès que possible.

Argent : Arrêtez de dealer de l'herbe à chat à la nuit tombée. Vous risquez gros.

Humeur : Le bélier est un animal stupide à peine plus intelligent qu'un humain. Les félins dépendant de ce signe seront cette semaine d'humeur irascible. N'hésitez pas à uriner sur le lit de votre humain afin de le lui signifier.

Amour : Attention à ne pas vous faire faire une portée dans le dos.

Argent : Vous avez beau être un chat, vous êtes quand même rat.

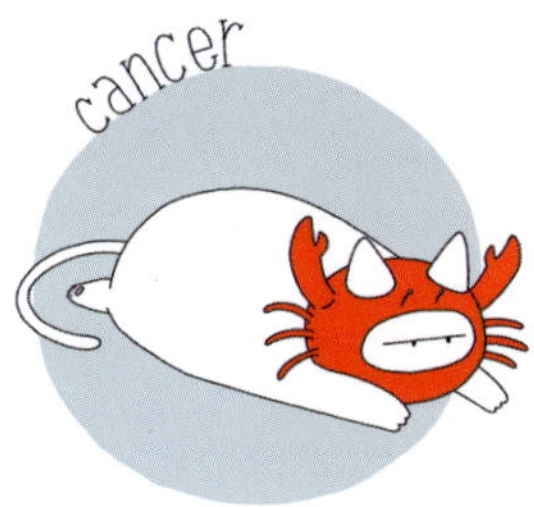

Humeur : Vous en avez marre que votre humain vous ait mis aux croquettes allégées en vous traitant de chat obèse ? Détruisez sa vie de couple en vous introduisant systématiquement dans sa chambre pendant qu'il tente de se reproduire, et fixez-les, lui et sa compagne, de manière gênante jusqu'à ce qu'ils se sentent obligés de s'interrompre.

Amour : Détruire celui des autres est plus amusant que de tenter de construire le sien.

Argent : Votre maître ignore que vous avez retenu son numéros de carte de crédit. Profitez-en pour vous commander une douzaine de paires de Louboudins pour vous faire les griffes et les crocs sur un cuir noble.

Humeur : Malgré la saison de la mue, vous restez fringant et élégant. Vous êtes tellement stylé que même votre humain essaie de vous copier, la preuve : tous ses pulls sont couverts de vos poils.
(Chat sphinx : Ne désespérez pas, vous êtes beau à l'intérieur.)

Amour : Pour séduire, il faut être propre, or vous ne vous êtes léché que sept heures aujourd'hui. Persévérez.

Argent : Arrêtez de dépenser tout votre argent en boîtes... de pâtée.

Humeur : Vous n'arrivez pas à obtenir ce que vous voulez de votre maître ? Mettez-vous en boule sur ses genoux et ronronnez à fond. Avec cette technique hypnotique, ces simples d'esprit ne pourront rien vous refuser.

Amour : N'y pensez pas, vous êtes stérilisé.

Argent : Vous avez économisé par mal d'oiseaux morts ce mois-ci, cachez-les afin que votre humain ne les jette pas ; vous pourrez toujours les retrouver à l'odeur.

Comment être # in sur les réseaux sociaux ?

Kim Kardashiante

en exclusivité pour Icônne !

Le hashtag du moment :

À chaque jour de la semaine son *hashtag** ! Toute personne hype qui se respecte le sait. Voici une liste des plus connus : le #*mondaymotivation*, le #*throwbackthursday*, le #*followfriday*, le #*saturdaynight*, le #*sundayfunday*... À présent, mercredi n'est plus en reste grâce à la nouvelle tendance #*wednesdaywaterglass* ! Traduit littéralement « verre d'eau du mercredi », ce nouveau venu « innonde » tous les réseaux sociaux ! Tout démarre avec Kim Kardashiante qui nous raconte comment le buzz a commencé :

« C'était un mercredi matin et j'avais très soif. Je suis alors allée dans ma cuisine pour trouver quelque chose qui pourrait me désaltérer. J'étais un peu perdue car mes servantes étaient affairées au cirage de mes 320 paires de chaussures. Mon regard s'est alors arrêté sur le robinet. J'avais déjà vu faire à la télévision alors j'ai pris un verre et mon courage à deux mains. J'ai tourné le robinet dans tous les sens mais rien ne sortait... J'ai soufflé un grand coup et c'est là que j'ai vu une petite poignée. Je l'ai soulevée et croyez-le ou non, de l'eau s'est mise à couler ! OMG ! J'ai rempli mon verre et j'ai commencé à boire. Et là je sais pas pourquoi, peut être parce que j'ai l'habitude de faire un selfie toutes les 10 minutes, mais j'ai sorti mon téléphone et je me suis prise en photo ! C'est à ce moment-là que j'ai compris qu'il y avait quelque chose de fort qui se passait ! Le temps était comme suspendu ! J'ai compris que ça allait bouleverser toute une génération. Alors j'ai réfléchi très fort avec mes cheveux pour trouver le hashtag idéal... Un mercredi, un verre, de l'eau... Après 2 heures de réflexion, le hashtag coulait de source : ça serait le #*wednesdaywaterglass* ! » Cette aventure humaine m'a donné l'idée de réitérer l'expérience avec un nouveau hashtag totalement révolutionnaire : le #wednesdaywaterbottle, sur vos réseaux dès la semaine prochaine.

J'ai rempli mon verre et j'ai commencé à boire.

En 3 mois, plus de 2 000 000 de clichés #WWG ont été postés chaque mercredi ! Un véritable tsunami photographique ! Une petite polémique lancée par les haters de Kim fait néanmoins surface. Ces derniers clament que ce ne serait pas Kim et son verre d'eau qui ont fait buzzer ce cliché, mais plutôt ses fesses nues qui se reflètent dans la fenêtre de sa cuisine...

***Hashtag (ou mot-dièse) :** mot ou groupe de mots sans espace précédé du signe #. Les mots « *hashtagués* » et toutes les informations qui les entourent sont ainsi retrouvés plus rapidement et facilement lorsqu'ils sont recherchés. Exemple : #*caca* vous permettra de regrouper les plus belles photos d'étrons sur Instagram et les meilleures blagues scatophiles sur Twitter.
Maintenant tu sais ce que ça veut dire, maman.

COMMENT RÉUSSIR SON SELFIE ?

Les selfies, on adore ça ! Toutes les occasions sont bonnes pour SE photographier et SE faire admirer par nos contacts ou par de parfaits inconnus. Cependant, certains dépeignent ce mouvement comme étant un élan de narcissisme et d'égocentrisme. Diantre, encore un coup bas des moches ! Ils sont simplement jaloux des gens photogéniques qui maîtrisent l'art de l'autoportrait 2.0 ! Lorsqu'on y réfléchit bien, c'est tout au contraire un don de soi aux autres. Il serait bien égoïste de garder pour moi seule ma beauté et ma vie palpitante. Le selfie n'est que partage. Le selfie engendre des likes, des « j'aime ». Le selfie est donc amour. Béni soit le selfie ! Au nom du père, du fils, et du saint selfie…

#mondayselfie

#tuesdayselfie

#wednesdayselfie

#thursdayselfie

À chaque jour suffit son selfie !

#fridayselfie

#saturdayselfie

#sundayselfie

Les 3 commandements d'un selfie réussi :

1. **ÊTRE DOTÉE D'UN TÉLÉPHONE AVEC CAMÉRA FRONTALE TU DEVRAS.** On n'est plus à l'âge de pierre, et se photographier à l'aveugle, c'est risquer de devoir s'y reprendre jusqu'à 100 fois avant LE cliché parfait. Avec la facecam, 50 suffiront.

2. **TON BRAS TU TENDRAS.** Plus il est haut, mieux c'est, on évitera à tout prix les photos prises d'en dessous qui nous donnent un double menton digne de Jabba le Hutt ou pire, Christine Broutin.

3. **FACE À UNE LUMIÈRE VIVE TU TE PLACERAS.** Une forte lumière brouillera les traits tirés et même les plus virulentes crises d'acné. Obligée de s'exposer à une mauvaise lumière (celle qui vous montre telle que vous êtes) ? Fixez une lampe torche sur le côté de votre téléphone et abusez des filtres pour gommer toute humanité de votre visage.

#OUT

L'incontournable #ThrowBackThursday également abrégé #TBT : chaque jeudi on poste une photo de nous enfant/ado ou d'un événement qui nous a marqué positivement dans le passé, estampillé de ce hashtag sacré ! C'est mignon au début : on sourit devant les commentaires du type « Oooh qu'est-ce que t'étais mignonne quand t'étais petite ! », « Aww tu étais si chou ! »... et puis au bout de quelques photos postées on se rend compte du « tu ÉTAIS » ! Oui, tout le monde vous trouve moins bien qu'avant. Voilà.
Remplacez donc ce #TBT par un #TOT ! TooOldThursday. Publiez une photo de vous vieillie par une application, les commentaires vous jugeant laide plus tard ne font qu'affirmer que vous êtes au top aujourd'hui !

Voilà, vous êtes parée pour réussir religieusement chacun de vos portraits ! Pour les mises en situations, sachez qu'un selfie c'est comme une collection de livres Martine, on le décline à toutes les sauces ! Quelques exemples :

• **Moi étonnée :** Écarquillez grand les yeux et faites un audacieux cul de poule avec votre bouche. Cette expression faciale se mariera à toutes les situations de la vie quotidienne. Exemple : « Oups, j'ai récuré les toilettes avec la brosse à dents de mon beau-père ! Hihi ! #jeledéteste ».

• **Moi en train de boire un cocktail :** Toute seule chez vous ? Prenez un grand verre, versez-y du jus de fruit en brique, plongez-y une paille et prenez-vous en train de siroter. Hashtags : #lounge #chill #bar #cocktail

• **Moi qui me réveille :** Levez-vous, coiffez-vous, faites-vous un make up nude, recouchez-vous et prenez-vous en photo. Hashtags suggérés : #Iwokeuplikethis #morning #naturelle #nofilter #jaipétésouslacouette.

• **Moi en train de dormir :** Non. On OUBLIE cette pose ! Tout le monde sait que vous vous prenez en photo les yeux fermés ! C'est pathétique. Et ridicule.

• **Moi et mes pieds à la plage :** Les pieds dans l'eau c'est un classique. Vous n'avez même pas besoin de vous fatiguer à prendre cette photo ! Reprenez en une de votre album de vacances de l'année dernière ou de l'année d'avant, ou de celui d'il y a 3 ans... Oui, parce que chaque été vous la refaites.

• **Moi qui fais du tourisme :** Je poste un selfie devant un monument ou un magnifique paysage en masquant à 75% le sujet intéressant par mon énorme faciès.

• **Moi et mon animal de compagnie :** Sans doute l'une de vos photos qui récoltera un maximum de likes ! Sachez néanmoins que les likes seront entièrement dûs à l'animal, et non à vous. Animaux mignons > humains.

• **Moi et mes billets d'avion :** Vous partez et pas eux, faites le leur bien sentir.

• **Moi en train de conduire :** Je me prends en photo alors que je suis au volant. À accompagner du hashtag #5minutesavantmonaccident #nefaitesjamaiscela #iconnedeclinetouteresponsabiliteencasdaccidentdelarouteduala priseintempestivedunselfieauvolantouicehashtagesttreslongetalorscestpasvousquidecidezdailleursvousconnaissezlhistoiredestroisputesnonenfaitnoncestunpeutrashohlalajesaisplusoujensuisdansmaviejevoulaisetrejournalisteetjemeretrouveaecriredeshashtagspourrispourunmagazinealacon.

N'oubliez pas, le like, c'est la vie, alors faites tout pour en raccoler un maximum, en postant par exemple des « abonnez-vous je rends » en commentaire sur les photos des autres #YOLO.

LE GRAND JEU DES SELFIES

À chaque photo son intitulé !
Trouvez celui qui correspond à chaque photo.

solfie, elfie, selfiltre, aissellefie, selfric, selfigurant, selfiesta selfiente, selficus, celtefie, sel-fie, sarcelfie, selfessesselfigue, selfini entre nous, selfrite, salefie, selhi-fi, selfilet de dinde, vaisselfie, artificielfie, selPhil Collins

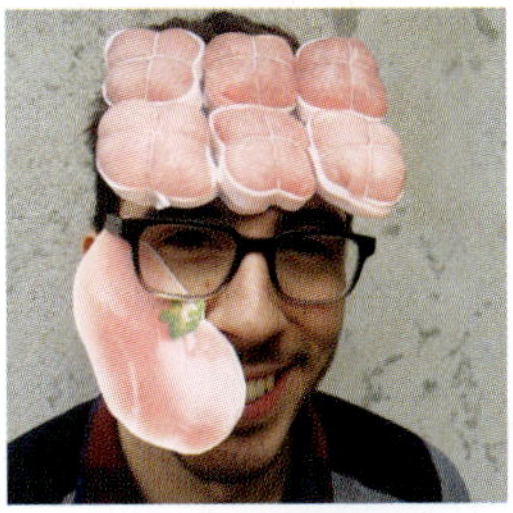

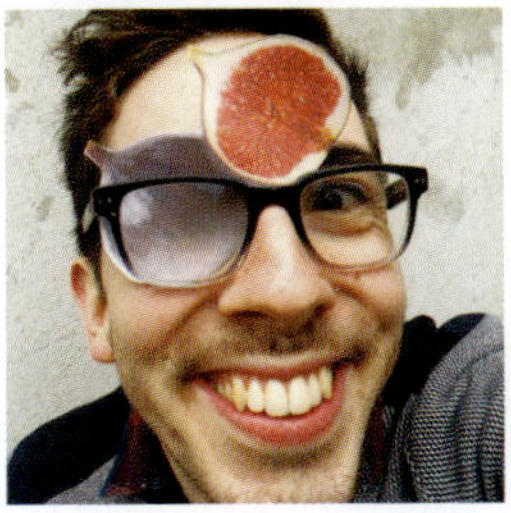

Interview exclusive de Natoo !

Elle est incontournable sur internet, elle fait des milliards de vues sur YouTube, est connue sur tous les continents de la planète et elle a accepté une interview exclusive pour Icônne. Rencontre au sommet avec la mirifique Natoo !

Natoo rentre dans la suite du Carlton dans laquelle nous l'attendons, vêtue d'une somptueuse robe Balmain. *De ma carrière de journaliste, je ne me rappelle pas avoir vu plus belle femme au monde. Elle illumine, que dis-je, elle irradie la pièce par sa présence... elle s'installe gracieusement sur son fauteuil et sourit. L'interview peut commencer.*

Icône : **Bonjour Natoo, nous sommes enchantés d'avoir cette entrevue avec vous !**

Natoo : Je comprends, merci.

I. : **Le monde entier vous connait sous votre pseudo, mais pouvez-vous nous révéler votre vrai nom ?**

N. : Je m'appelle Nafinatoo Diallo, je suis d'origine camerounaise. Cependant mes parents sont polonais, donc vous pouvez m'appeler Nathalie Odzierejko.

En moins de 3 jours, je suis devenue une star interplanétaire !

I. : **Racontez-nous comment vous avez débuté**

N. : C'est simple, j'ai été illuminé par une lumière blanche divine en pleine nuit... Oui, parce qu'en fait j'étais devant l'écran de mon ordi à 4 h du matin et je suis tombée sur des podcasts humoristiques américains. Je n'ai rien compris à ce que disaient les YouTubers, mais ça avait l'air vraiment drôle, du coup je m'y suis mise en y apportant mon propre style. Et en moins de 3 jours je suis devenue une star interplanétaire ! C'est fou !

I. : **Aujourd'hui vous êtes sollicitée par les plus grands pour jouer dans leur films. On raconte que Lynch vous aurait contactée ?**

N. : Oui, en effet. Je suis sur plusieurs projets hollywoodiens à la fois mais je ne peux vous en dire plus.

(Elle rigole en se cachant derrière ses mains, un ronflement de truie lui échappe.)

C'est incroyable de recevoir autant de sollicitations ! D'ailleurs ça ne s'arrête pas qu'au cinéma, il y a aussi Dior, Chanel, YSL qui me harcèlent pour que je devienne leur égérie... Sans parler d'Oprah qui m'appelle tous les jours pour que je vienne sur son plateau ! Elle est sympa mais un peu collante. Elle aime les noix de cajou, celle-là !

(Elle éclate de rire)

Ah ! Vous pouvez pas comprendre, c'est une private joke entre moi et Tarantino !

I. : **Vous avez été élue femme la plus puissante du monde selon le classement Forbes. Qu'est-ce que ça fait ?**

N. : Je me dis que c'est incroyablement cool de pouvoir s'autointerviewer et de pouvoir s'inventer une vie !

I. : **Bah oui, forcément, puisque tu es l'auteure de ce livre ! C'est pas difficile !**

N. : Eh ben ! J'fais ce que j'veux ! J'suis le Kim Jong-un de l'univers de l'interview ! J'fais croire ce que je veux aux gens, OK ?

I. : **Mais du coup, on n'apprend rien sur toi, c'est un peu con de faire ça, non ?**

N. : Eh ben si les lecteurs veulent vraiment apprendre des choses sur moi, ils peuvent aller voir ma page Wikipedia !

I. : **T'en as pas. Tu crains.**

N. : Putain, mais t'es qui pour me dire ça, toi, enfoirée ?

I. : **Ben toi.**

N. : J'avoue.

Avant/après le passage chez le chirurgien esthétique

Saurez-vous trouver
les 7 différences
entre ces deux photos
de Kim Kardashiante ?

Le must have connecté et culotté : la Q-IoT !

Une petite nouvelle fait son entrée dans le monde des accessoires ultra-connectés ! Cette culotte RÉ-VO-LU-TIO-NNAIRE est le dernier must have de nos vies numériquement assistées !

Certes, nos bracelets nous permettent de voir le nombre de pas que nous faisons dans la journée et de calculer la qualité de notre sommeil en captant nos mouvements durant la nuit, certes, nos lunettes connectées nous permettent de prendre des photos sans lever le bras et de scanner les étiquettes de nos aliments pour analyser les calories que nous ingurgitons ; mais qui nous rappelle quand nous devons faire caca ? La culotte connectée, bien sûr !

Après un rapide jumelage avec votre Smartphone, la Q-loT deviendra votre nouvelle voix intérieure via son assistante intégrée, Syrielle, qui vous enverra une notification « Popo » cinq minutes avant l'impact. Avec sa sonde en aluminium anodisé, elle tient état du pH et du taux de pollution de votre cavité pelvienne tout en proposant des cycles de lavement au jet, dans l'esprit des toilettes japonaises, qui laisseront votre carrosserie intime rutilante. Dotée d'un avertisseur sonore discret (195 décibels) qui vous préviendra de l'arrivée de vos règles, elle sera rapidement indispensable à votre quotidien et à la planification de vos rendez-vous galants. Son radar de recul spécial pervers vous préviendra de l'éventuelle présence de mateurs de culs, et son filtre anti-pet-up évitera tout moment de gêne.

En option : contrôle parental activable à distance et mode nuit avec verrouillage automatique de la culotte via l'alcootest intégré à la sonde pour éviter les coups d'un soir avec un loser.

Le petit + santé : synchronisez votre Q-IoT à votre ordinateur pour récupérer toutes vos données intimes, et effectuez régulièrement une sauvegarde de votre flore vaginale pour la restaurer en cas d'infection. Le firewall fourni vous évitera les mycoses et autres petites infections courantes.
Le petit + pratique : sa fonction bouillotte permet de garder vos fesses au chaud en hiver.
Le petit – : pensez à régler vos notifications en mode discret et évitez le mode vibreur lorsque vous êtes en public.

À partir de 809 € dans tous les Peach Stores

Q-IoT

Soyez culottée. Soyez connectée.

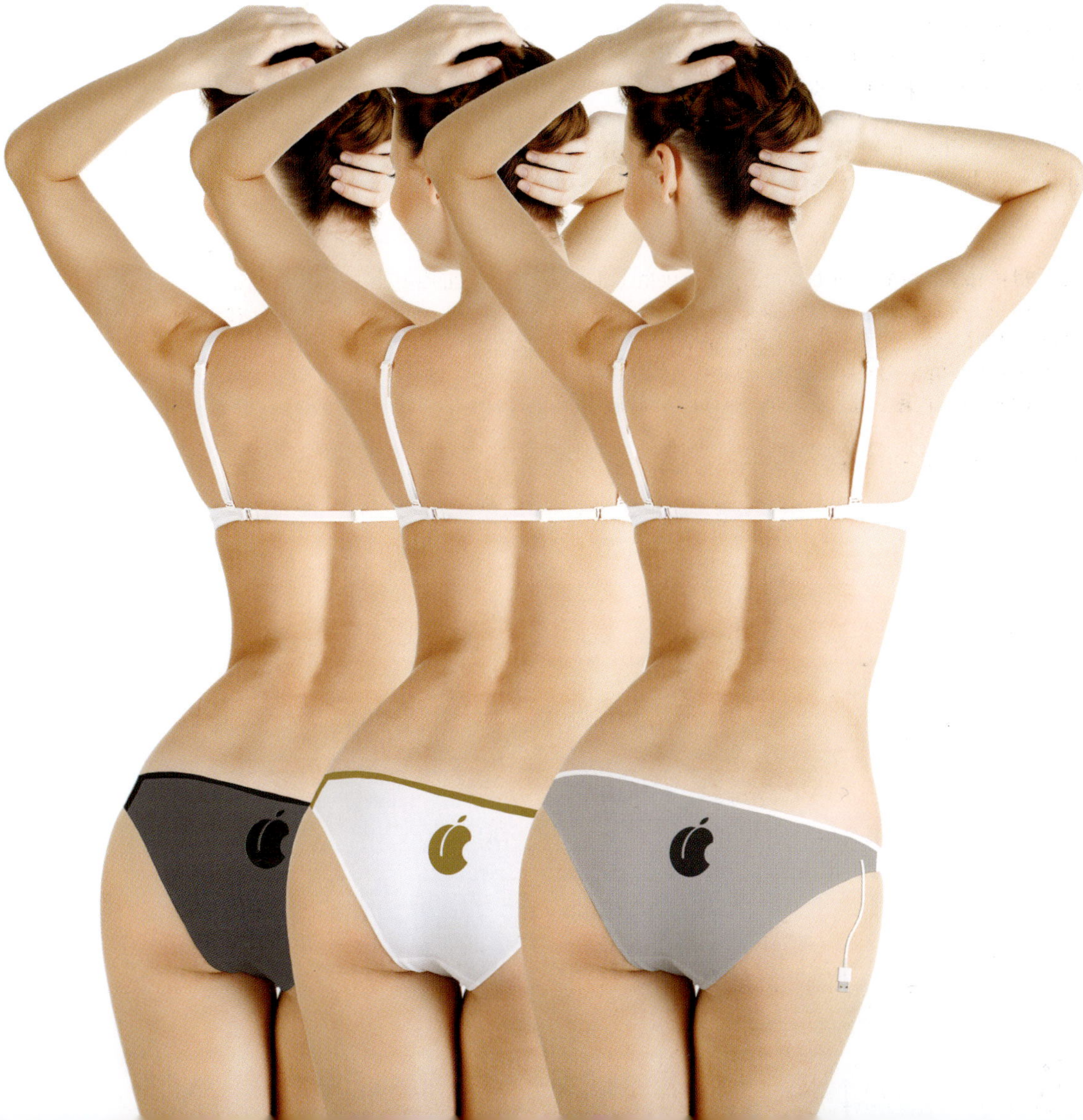

Desigual®

BUZZ : LA VIDÉO QUI ENFLAMME INTERNET !

C'est l'histoire émouvante d'un jeune homme qui décide de faire rigoler ses copains à une soirée plus ennuyeuse qu'un reportage sur la reproduction des truites d'élevage. Qui aurait pu prédire que Bapt, complètement ivre, jambes derrière la tête et briquet en main, allait effectuer **le *fire fart* le plus long du monde** au moment même où sa copine s'apprête à immortaliser cet instant de grâce avec son téléphone ? **4 minutes 27 de pure magie…** Bapt impose un silence magistral et laisse toute l'audience suspendue à son anus durant la totalité de sa performance. Son meilleur ami Gaël est ému aux larmes. La vidéo de son œuvre est postée dans la foulée sur YouTube. En 48 heures, elle se partage à la vitesse grand V et est **visionnée plus de 17 millions de fois !** C'est un buzz monumental. Le jeune homme devient alors une idole et l'exemple de toute une génération ! Comme quoi, les belles histoires peuvent encore arriver de nos jours !

Vous aussi, vivez vos rêves.

Faites votre propre buzz sur Internet à l'aide des ingrédients suivants

- Une barre de pole dance mal fixée
- N'importe quel chat
- Une personne au physique ingrat qui surprend un jury en chantant divinement bien
- Une vidéo sur le complot Illuminati
- Deux femmes russes bourrées qui se battent
- Le fessier de Nicky Ménage
- Le fessier de Rihannue
- N'importe quel fessier de star, en fait

Un peu de poésie dans nos rues

Il est l'artiste anonyme dont parle le Tout-Paris en ce moment. Ce poète des temps modernes illumine le quotidien des Parisiens en exerçant son street art atypique. En effet, muni d'une bombe de peinture dorée, il sublime chaque déjection canine trouvée sur son passage. On aime cette façon contemporaine et poétique de rappeler que tout ce qui brille n'est pas de l'or.

NEWS ARTISTIQUES

SCOOP

- Très attendu, le premier **MUSÉE DU MUSÉE** ouvre enfin ses portes à Dunkerque.

- On ne rate pas le rendez-vous donné par l'artiste danoise **LUBINIA VAV** qui donnera une représentation de danse sur traversin sur le parking du Lideul de Mandelieu-la-Napoule lors de la prochaine éclipse lunaire.

- **INSOLITE :** une femme prise de malaise dans le musée d'art moderne londonien The Tate tombe au sol et se tord de douleur en vomissant sous les yeux des visiteurs. Ces derniers, totalement subjugués par le spectacle et pensant qu'il s'agissait d'un happening artistique, mettront plus de 2 heures avant d'appeler les secours : ***Nous pensions que le sang qui lui coulait du nez était de la peinture symbolisant remarquablement le conformisme suffocant de notre société taciturne***, se justifiera l'un d'eux. La femme est actuellement décédée, mais son pronostic vital n'est pas engagé.

- **SCANDALE POUR LES FANS ET COLLECTIONNEURS DES ŒUVRES DE L'ARTISTE JACQUES GAZOU :** le véritable auteur de ses tableaux n'est autre que Gonzague Gazou, son fils de 5 ans. Ses nombreuses toiles réputées pour leurs paysages postnaïfs étaient cotées entre 150 00 et 750 00 euros. Une cote qui risque d'être revue très sérieusement à la baisse par les galeries du monde entier. Des soupçons naissent à présent sur sa célèbre série de sculptures écarlates : *Entrailles & préjugés...* S'agirait-il de figurines de croûtes de Babybelle réalisées par sa fille de 3 ans, Claude-Françoise ?

Expo Radjouvic
L'ARTISTE DU COIN

L'artiste serbo-monégasque-malien Igor Rajdouvic expose en ce moment à Paris une nouvelle capsule de clichés transcendants. À cette occasion, nous nous sommes rendus dans sa galerie pour lui poser quelques questions. Rencontre avec un artiste hors du commun.

Décryogénisé en 2014, il revient sur le devant de la scène !

Iconne : Parlez nous de votre nouvelle exposition.

Igor : Il s'agit d'une série de clichés ayant pour thème les coins. Je trouvais intéressante cette notion de tridimension qui se crée à la jonction de deux murs et d'un plafond. Les coins sont prismiques. Vous savez, j'ai parcouru le monde durant plus de 30 ans pour réaliser cette série de 12 clichés et je peux vous dire que je suis très fier du résultat.

D'où vous est venue cette passion pour la photographie ?

Mon père m'a tout appris. Dès mon plus jeune âge, il m'a transmis les secrets et les clés d'une photo réussie. Il avait développé sa propre technique : ses photos étaient brutes, cadrées au vol, sans mise au point, parfois il gardait même le cache de l'objectif pendant qu'il photographiait. Un véritable avant-gardiste. Dommage que le succès n'ait pas frappé à sa porte...

Coin de mon salon n° 78 bis,
2006

C'est peut-être dû au fait qu'il était non voyant de naissance.

Ça n'a rien à voir.

(Silence gênant, Igor se lève, se dirige vers un coin de la pièce, compte jusqu'à 10, embrasse le mur, et revient s'asseoir en face de nous.)

Quel avenir pour le génie Rajdouvic ?

Récemment, les travaux de ma salle de bains m'ont permis de découvrir une matière fabuleuse : le mastic. Je compte préparer une prochaine série de photos sur les joints d'étanchéité qui nous renvoient chaque jour à l'imperméabilité des relations humaines. *(Igor se jette au sol et quitte la pièce en faisant des roulades.)*

Sans titre
(Le sens de la vie), 2012

Mysticité prismique, 1998

Le coup de cœur

La rédaction d'Icônne a été bouleversée par la lecture de *Merci pour ce froment*. Cet essai autobiographique de Vanille, une jument pur-sang, relate sa relation privée avec le fermier qui l'a élevée et qu'elle a aimé durant 9 ans. Le sujet est particulièrement émouvant du fait de la tromperie que Vanille a subie avec Galipette, une petite chèvre plus jeune qu'elle qui fera voler sa vie en éclats. L'auteure nous dévoile avec une plume très touchante comment elle a surpris les deux amants en train de fricoter sur la Mobylette du fermier alors qu'elle broutait dans un champ. Un ouvrage qui passionne la France puisqu'il a déjà été vendu à plus de 600 000 exemplaires ! Galopez l'acheter si ce n'est pas déjà fait !

Le groupe "Camel Toe" a mis le feu en première partie des concerts des "Francine and the fouine". Depuis il est annoncé comme groupe révélation de l'année ! On est séduit par le flow de ce collectif ouvert à la Fauve qui mêle textes récités en slam et hurlements en onomatopées :

***"Tu nous entends le pied de table ?
Tu nous entends ?
Si tu nous entends, arrête de faire
du mal à nos orteils !
Société ! Consommation !
Je suis une loutre."***

Voilà un refrain déjà gravé dans nos esprits !

Ce n'est plus un secret, de nos jours, les enfants sont de plus en plus précoces. C'est pourquoi il n'est pas étonnant de voir l'émergence de DJ très jeunes. **DJ RockyDiamond** en est un bel exemple ! Du haut de ses 4 ans, ce jeune prodige fait danser les maternelles de toute la France ! Après ses remix de *Meunier tu dors* et *Je te tiens, tu me tiens par la barbichette* il s'attaque à *Une souris verte* qu'il va cette fois produire en version anglaise. Espérons que *Green Mouse remix* soit un succès au-delà de nos frontières et que le scandale qui éclabousse RockyDiamond sur le réseau de cocaïne dont il serait le leader ne vienne pas entacher cette sortie musicale.

Exclu !

La chanteuse Isabelle Boulet effectue en ce moment sa tournée de concerts privés intitulée *Plus forte qu'hier et bien moins que demain avec toi à mes côtés comme un soleil qui brille.* Le public a visiblement parfaitement adhéré au concept de concerts privés, puisque personne n'a acheté de place pour le moment. C'est donc, pour seul public, son manager qui viendra applaudir Isabelle sur ses 35 dates de tournée prévues.

DJ Daily sort son nouvel album. Après le succès planétaire de *Micro Waves,* disque entièrement enregistré à partir des sons de son micro-ondes, il revient avec *Cool Inside.* Ce dernier opus promet de faire danser les clubbeurs du monde entier avec des sonorités entièrement provoquées par son réfrigérateur. **Le morceau *Mode décongélation* passe déjà en boucle à la radio.**

Nicki fait le ménage

Un livre très pratique avec diverses astuces pour effectuer vos tâches ménagères rapidement à l'aide de votre fessier ! Tapis recouvert de poussière ? Twerkez dessus de toutes vos forces pour provoquer des ondes de choc puissantes qui feront s'envoler les particules de poussière. Vous ne supportez pas le repassage ? Ne faites plus aucun pli en twerkant sur votre table à repasser. Le vêtement est aplati, écrasé, parfaitement lissé par les passages répétitifs du galbe de votre fessier. Votre poubelle déborde, vous avez un clou à planter, une crêpe à faire sauter ? Vous savez ce qu'il vous reste à faire ! Merci Nicki !

Attention : Trop jouer aux jeux vidéo peut nuire à votre entourage.

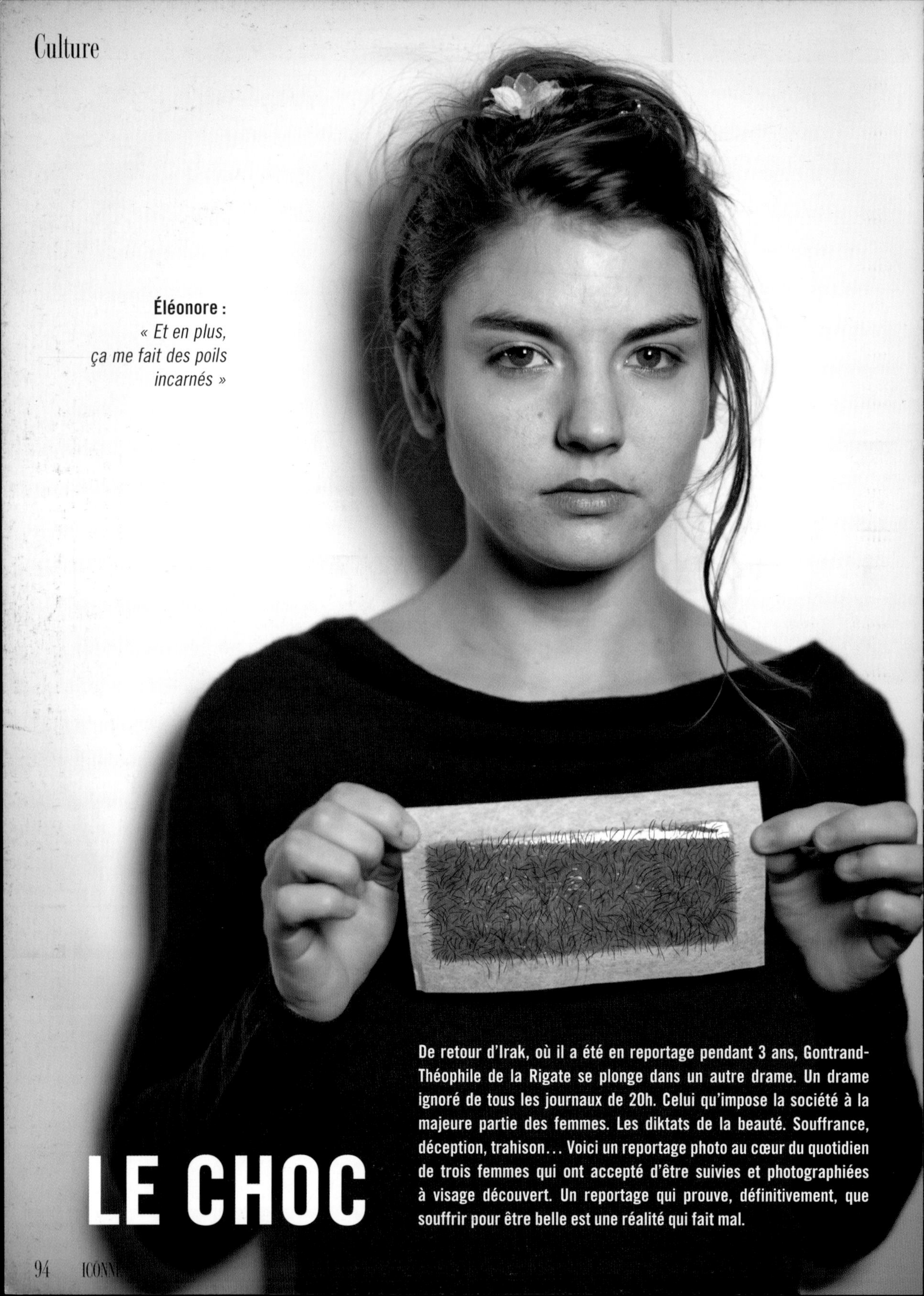

Éléonore :
« Et en plus, ça me fait des poils incarnés »

LE CHOC

De retour d'Irak, où il a été en reportage pendant 3 ans, Gontrand-Théophile de la Rigate se plonge dans un autre drame. Un drame ignoré de tous les journaux de 20h. Celui qu'impose la société à la majeure partie des femmes. Les diktats de la beauté. Souffrance, déception, trahison… Voici un reportage photo au cœur du quotidien de trois femmes qui ont accepté d'être suivies et photographiées à visage découvert. Un reportage qui prouve, définitivement, que souffrir pour être belle est une réalité qui fait mal.

Nathalie :
« 30 minutes à poser, 3 secondes pour le niquer. »

Aude :
« On avait dit seulement les pointes… »

Éleonore : *« Livré avec des ampoules, entorse en bonus. »*

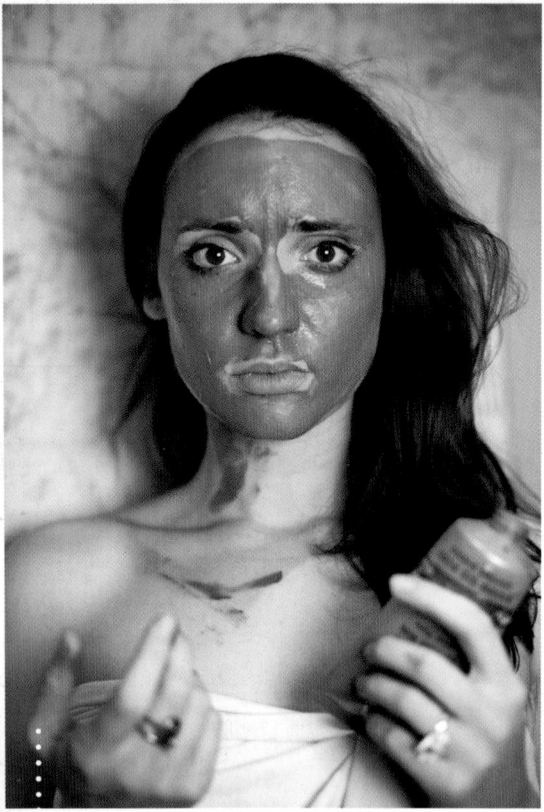

Nathalie :
« Je me sens hydratée, mais tellement laide »

Éléonore :
« La couleur rose doit sûrement rendre mon rasoir plus efficace, puisqu'il est deux fois plus cher que celui de mon mari »

Aude, face à son 36e spam de régime minceur de la journée

Aude :
« C'est moi, ou ça ressemble à une guillotine miniature ? »

*« AAAAAHHH ! Put*** de sa mère la %@$!! »*
Éléonore, qui tente l'épilation intégrale

Nathalie : *« "Waterproof", qu'ils disaient »*

The Alcooples

Maurice et Jane, en couple depuis 2h suite à une soirée trop arrosée

VOTRE VIE EST-ELLE NULLE ?

CE MATIN VOUS AVEZ :

Marché dans la merde

Du pied gauche ?

Oui

Ça porte chance mais vous puez

Les gens vous dévisagent dans le métro

Quelqu'un vous [d]onne même une pièce

Arrivée au travail vos collègues pensent que vous vous êtes fait dessus

Non

Pas de chance, en plus vous portez vos nouvelles chaussures en daim beige

Vous voulez vous rincer dans une flaque d'eau

Vous tombez dans une bouche d'égout

En fait vous êtes une licorne ! Votre vie est fabuleuse !

[V]ous faites popo des paillettes

Elle demande de venir avec son nouveau mec

Il était censé être votre rencard

Il a eu un empêchement : tout ça pour rien !

Vous avez une terrible envie de [m]anger des cupcakes et de glisser sur des arcs-en-ciel

En tant que femme forte vous assumez votre look foiré et allez au RDV

Elle est apparue spontanément d'un coup

Passé votre trajet compressé contre l'aisselle d'un inconnu

Vous passez 15 minutes dans cette position inconfortable à cause d'un incident sur la ligne

Après cet horrible trajet vous descendez à l'heure mais êtes alpaguée par les bénévoles d'une association

Vous les ignorez sans même esquisser un sourire

Vous êtes une connasse

Vous vous arrêtez et décidez de faire une donation

Vous êtes en retard pour la 4e fois de la semaine

Vous êtes virée

Trouvé un cadavre dans votre salon

C'est le cadavre de votre mec

Vous l'avez tué parce qu'il n'avait pas remarqué votre nouvelle coupe de cheveux

Vous êtes une psychopathe

Il s'agit de bouteilles vides de votre soirée de la veille

Vous étiez seule ou accompagnée ?

Seule

Vous vous êtes saoulée pour oublier que vous veniez de vous faire larguer pour un épagneul

Oui, votre ex était en fait zoophile

D'ailleurs, il vous a avoué que la seule chose qui lui plaisait chez vous était votre haleine de poney

Avec des amis

Vous prenez une cuite pas possible pour oublier

Vous vomissez dans le landau de votre neveu

Ils ne vous aident même pas à ranger votre appart

Ils sont venus juste pour squatter

Ils profitent de vous

On touche pas aux mamans

Votre vie est vraiment nulle mais pas plus que celle de la meuf qui a créé ce test.

Mis un manteau Désigueu

Volontairement ?

Oui

Non

C'est un cadeau de votre belle-mère et vous lui rendez visite aujourd'hui pour un dîner de famille

Elle trouve que vous avez une mine affreuse

Vous vous vengez avec un commentaire passif-agressif sur sa cuisine

Franchement ça se fait pas

Vous n'êtes vraiment pas une belle personne

Une bosse sur le front

On n'a jamais vu un furoncle aussi énorme, sérieusement, votre peau vous a pas respecté, sur ce coup-là !

Vous décidez d'annuler pour une soirée télé avec votre meilleure copine

Vous avez rencard avec le mec qui fait twerker votre cœur au moindre regard

Vous vous taillez une frange en catastrophe

Dans la panique vous avez coupé trop court ; vous avez dorénavant une frange ratée au-dessus d'un volcan de pus

Vous restez chez vous, vous mettez en boule par terre et faites des bascules en pleurant

Il est immonde et vient de péter en vous regardant dans les yeux

Vous allez pleurer dans la salle de bains et trouvez un homme nu dans la baignoire

Il est beau comme un dieu

Vous vous réveillez en sursaut

MOTS CROISÉS :

Après avoir rempli la grille, découvrez le message secret en suivant les numéros.

1. Pluriel de « le » - 2. Organisation secrète - 3. Ce que font les rois - 4. Contraire de « sous » - 5. masculin de « la » - 6. Il y a du « ... » au balcon - 7. « ... » Téléphone maison - 8. Les policiers le font souvent - 9. Ce qui est à vous - 10. Il flotte dans votre boîte crânienne - 11. C'est mieux que sans - 12. Comité d'entreprise - 13. Ce que vous tenez entre vos mains

CET ÉCHANTILLON VOUS EST OFFERT PAR

ICÔNNE

Vaniagna : la serviette la plus fine du monde !

ABONNEZ-VOUS À ICÔNNE

Offre exceptionnelle de

167 €

Au lieu de ~~167,40 €~~

Soit 12 fois le même numéro d'ICÔNNE*
livré à votre domicile

+ Un super cadeau au choix

(dans la limite des stocks disponibles)
((frais d'envoi non inclus))

**vu qu'il n'y en a qu'un seul à ce jour (que j'ai mis neuf mois à écrire et que je n'ai pas envie de décéder tout de suite en en écrivant un par mois, merci, cordialement, bisous).*

GRILLE D'ABONNEMENT À REMPLIR AVEC AMOUR ET À TIMBRER AVEC UN BISOU :

OUI, je désire m'abonner à Icônne pendant un an, parce que je n'ai toujours pas compris que ce n'était pas un vrai magazine. Oui, je suis un ex-candidat de télé-réalité.

Je choisis mon cadeau :

☐ le dé à coudre Icônne,
☐ un parpaing
☐ un bonhomme de neige

Votre nom de famille en lettres elfiques :

Votre prénom en hiéroglyphes :

Votre date de naissance en chiffres romains :

Adresse : vous habitez tous dans mon coeur depuis toujours et à jamais. Forever.

Téléphone : ☐ secret ☐ rose ☐ pleure

Votre complot mondial : ☐ reptilien ☐ illuminati ☐ con

Test : Qui êtes-vous vraiment ?

Le test qui permet de mettre le doigt sur vos traits de caractère dominants et de découvrir votre vrai vous !

1. Le matin au réveil, vous aimeriez

a) Vous prélasser le plus longtemps possible au lit telle une momie dans son tombeau

b) Arriver la première au boulot pour pouvoir manger tranquillement des intercalaires sous votre bureau

c) Commencer toutes vos journées en courant nue dans un pré

d) Onduler en string sur un hot dog géant

2. Lorsque vous êtes charmée par quelqu'un

a) Vous vous mettez à baver, à bégayer et à avoir du sang qui coule du nez

b) Vous vous arrachez les cheveux un à un pour en suçoter le bulbe tout en faisant des saccades du bassin

c) Vous vous liquéfiez

d) Vous avez la langue qui pend

3. Que rêvez-vous de faire à la personne que vous détestez le plus au monde ?

a) La contaminer

b) L'habiller en poupée, la ligoter et lui caresser la tête frénétiquement en criant « céleri rave ! » toutes les 10 secondes

c) La faire fermenter

d) Lui twerker dessus jusqu'à ce que mort s'ensuive

4. Vous partez sur une île déserte, qu'emmenez-vous ?

a) Rien, ramper dans le sable vous comble de joie

b) Le CD de la comédie musicale *Adam et Ève*

c) Un tire-lait

d) Une boule de démolition de chantier

5. Quel est votre dicton préféré ?

a) « Ce qui ne nous tue pas nous rend zombie »

b) « On ne fait pas d'omelette sans casser de crânes humains »

c) « Il pleut comme vache qui pisse »

d) « Pierre qui roule n'amasse pas drogue »

6. Quel personnage célèbre auriez-vous aimé être ?

a) Hannibal Lecter

b) Ève Angeli

c) Cléopâtre, pour pouvoir vous prélasser dans des bains de lait

d) Ève, pour pouvoir vous balader tout le temps à poil dans le jardin d'Éden

7. Pour vous amour rime avec

a) Putréfaction

b) Emprisonner

c) Mammelle

d) Exhibitionnisme

8. Quel animal rêveriez vous d'être ?

a) Un ver solitaire pour ronger vos victimes de l'intérieur

b) Un chat empaillé

c) La vache qui rit

d) Un fourmilier pour avoir la plus longue langue du monde

Vous avez un maximum de réponses

a : Vous êtes actuellement décédée ; vous êtes un zombie

b : Vous êtes une putain de psychopathe

c : Vous êtes un pis de vache

d : Vous êtes Miley Cyrus

ASTRONUMÉRO

Prenez le chiffre du jour de votre naissance, additionnez-y le chiffre mystique 6, soustrayez le chiffre de votre naissance et divisez le résultat par 2… Quel est le résultat ? Et plus important : quel est votre destin ?

1 Quelle chance d'avoir une vie aussi parfaite ! Rien à ajouter, vous avez déjà tout !

2 Fantastique, vous allez gagner au Loto d'ici 2 semaines ! En même temps, vous êtes déjà pétée de thunes… C'est peut-être l'occasion de vous offrir ce porte-avions dont vous rêviez !

3 Votre vie est plutôt moyenne, et ce depuis le jour où vous êtes née. Cela ne s'arrangera pas avec le temps. Attention, la Lune en alignement avec Mars indique que vous allez souffrir d'hémorroïdes foudroyantes d'ici 6 jours.

4 Tel un bon vin, vous vous bonifiez avec le temps. Chaque seconde qui passe vous rend plus irrésistible encore !

5 Drôle, spirituelle, cultivée, altruiste, conquérante… On manque de superlatifs pour vous décrire. Le monde est à vos pieds !

SEXE : SURPRENEZ-LE !

La routine a fini par s'installer au sein de votre vie sexuelle ? Toujours la même lingerie, les mêmes positions, les mêmes endroits ? Icônne vous a concocté la première liste de conseils inédits pour le surprendre VRAIMENT au lit !

1. La lingerie

La lingerie sexy, c'est vu et revu ! Ça n'a plus rien de surprenant ! Et puis peut-être que vous en avez marre de payer des porte-jarretelles et des corsets peu pratiques que vous ne remettrez jamais après ? Alors, quitte à l'étonner, faites-le avec une lingerie confortable et qui ne coûte pas cher ! Voyez la surprise naître sur son visage lorsqu'il vous verra allongée en gaine montante beige, soutien-gorge d'allaitement et bas de contention sur le canapé ! Ça, c'est inattendu !

2. Les émotions

D'habitude, vous vous retrouvez après une journée de boulot, vous mangez ensemble, vous discutez puis vous allez vous coucher… Aujourd'hui, rentrez un peu avant lui pour lui préparer une grosse surprise ! Veillez à ce que tout soit en place lorsqu'il ouvrira la porte ! Quel ne sera pas son étonnement lorsqu'il vous verra en amazone en train de faire l'amour à son meilleur ami tenant une banderole « SURPRISE ! »

3. L'épilation

Vous vous êtes toujours pliée aux diktats que la société vous impose au travers d'une épilation irréprochable ? Inversez la donne et laissez vos poils pousser librement ! Profitez de vacances sans lui ou d'un voyage professionnel pour laisser croître votre repousse et exhibez-lui fièrement une toison fournie et chatoyante à votre retour ! Voyez sa fougue s'éveiller face à cette femme forte et libérée des carcans des stéréotypes de la féminité !

4. L'ambiance

Les pétales de roses parsemés sur les draps, les bougies et les musiques sensuelles, c'est *so cliché* ! Éparpillez donc quelques cailloux et pneus crevés sur votre lit, éclairez-vous à la lueur d'un néon blanc grésillant et lancez une playlist constituée des plus grands hits de Carlos, Francky Vincent et Chantal Goya. Votre soirée sera inoubliable !

5. L'apothéose

Votre chéri connaît votre jardin intime par cœur dans les moindres recoins ! Ça doit être un peu monotone à la longue pour un jardinier de bêcher toujours sur le même terrain… Solution : changez de sexe sans le prévenir ! Il en tombera à la renverse !

I
cassoulet
Faites voyager
vos papilles
à moindre frais
Cassoulet
William RADIN

Les aventures de
Kitty & Catsass
Eh regarde ! Ma maman elle m'a acheté un costume de princesse-licorne !
Ohé ! T'as vu j'ai une corne et une tiare et tout !
Ouhou ! Le chat ? Regarde ma super tenue trop belle de la mort !!
Elle te fait un gros cul cette robe.
www.catsass.me

JEU CONCOURS ILLUMINATI

À l'aide des yeux ci-dessous, mettez à jour le complot mondial qui se glisse dans votre quotidien. Découpez-les, puis placez, collez, fixez, agraphez-les dans les triangles qui vous entourent. Prenez-les en photo et partagez-les avec les hashtags #illuminaticonne et #iconnebynatoo .
Tentez de remporter votre entrée dans la conspiration !

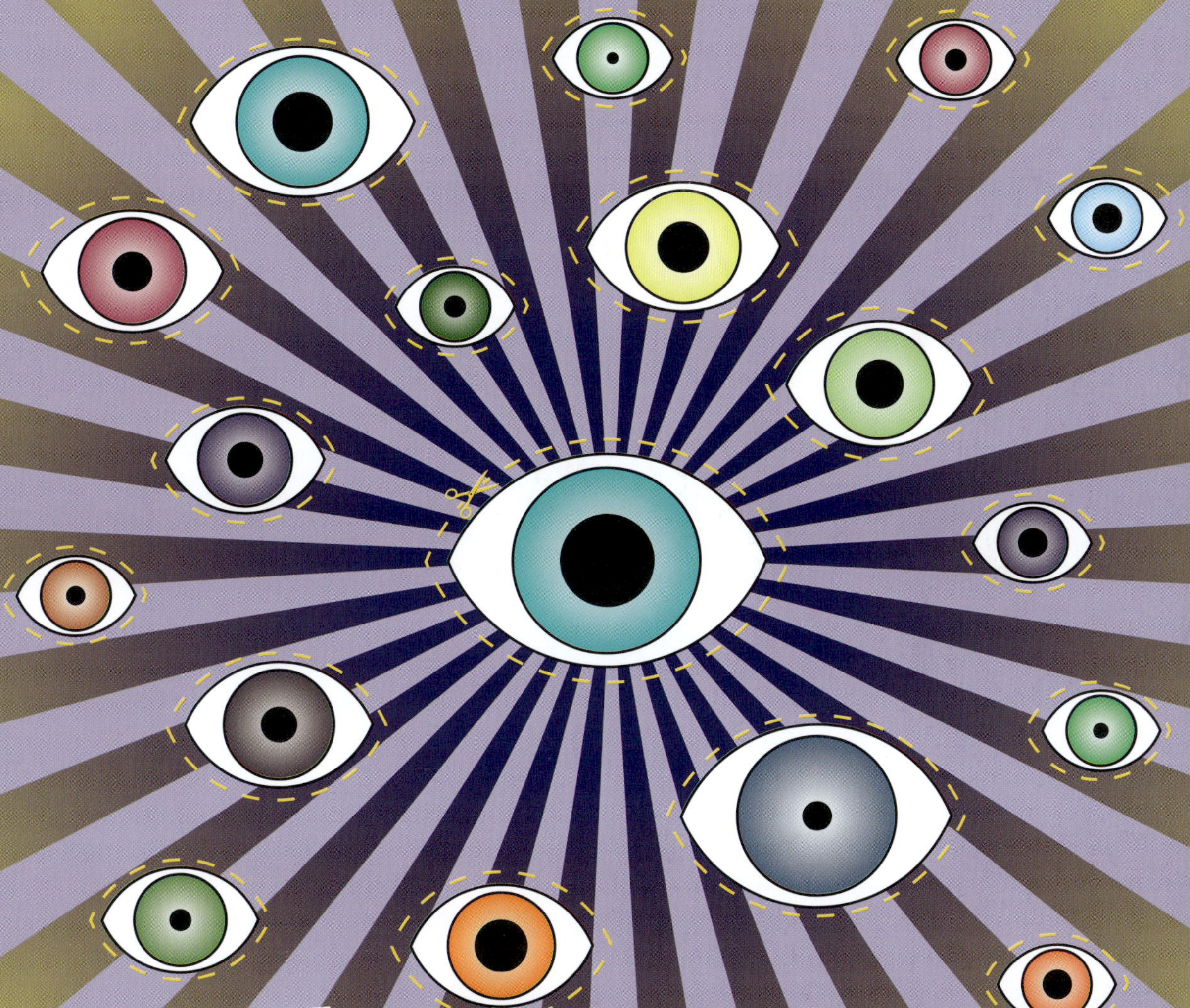

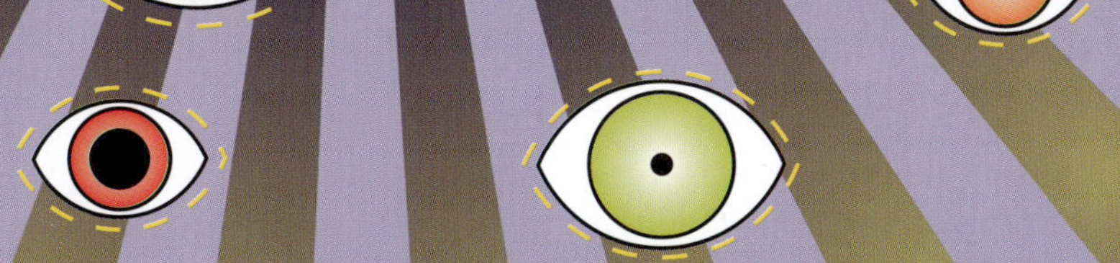

Exemple : notre rédac' chef a trouvé la présence du complot dans la crêpe que sa maman lui a cuisiné hier.

FEDERAL RESERVE NOTE
HA 29012133 A
A1
CB 82917630 F
B2

Le couple du mois

Voici venu votre rendez-vous mensuel avec l'amour ! À chaque numéro, un couple héterosexuel nous ouvre le portillon de son jardin sentimental en nous faisant partager son histoire ! Ce mois-ci nous découvrons Tristan et Annuschka qui se prêtent au jeu des questions auxquelles ils répondent séparément. Leurs réponses respectives seront elles en osmose ?

Comment vous êtes-vous rencontrés ?

TRISTAN : C'était le 19 novembre 2012. Il faisait alors très froid dans les rues de Paris, mais lorsque je l'ai aperçue le temps s'est figé. Elle a réchauffé tout mon être... J'ai tout de suite su qu'elle serait la seule et unique passagère à bord de la voiture de mon cœur.

ANNUSCHKA : Nous avoir d'abord parlé sur site rencontres avant rendez-vous.

Qu'est-ce qui vous a charmé chez lui/elle ?

Je suis tout de suite tombé sous le charme de son accent russe !

Son maison.

Qu'est-ce qui vous énerve le plus chez lui/elle ?

Honnêtement, je ne sais pas si je peux lui trouver un défaut. Trouveriez-vous un défaut à l'oxygène qui vous permet de vivre chaque jour ?

Je devoir encore rester deux ans avec lui pour nationalité.

Quelle est la chose la plus romantique qu'il/elle ait faite pour vous ?

Faire venir toute sa famille, ses parents, ses huit frères et ses trois sœurs de Russie jusque dans notre appartement. J'adore voir notre amour s'épanouir avec la bénédiction de sa famille.

Accepter assurance vie.

Comment envisagez-vous l'avenir ?

Une maison, des enfants, un labrador. La vraie vie, quoi !

Veuve. Et riche.

Comment obtenir facilement un arrêt de travail ?

Vous rêvez d'un break de quelques semaines de vacances ? Malheureusement, votre boîte ne vous permet que de prendre très peu de congés… Avez-vous déjà songé à l'arrêt maladie ? Nous ne parlons pas de tomber malade intentionnellement ou de vous casser un membre pour mettre à bien votre projet : misez plutôt sur une fausse dépression ! Voici nos conseils pour obtenir un arrêt en moins d'une semaine.

Le look

Le noir, le gris, le marron sont vos nouvelles couleurs de prédilection pour vous habiller. On n'hésite pas à venir au travail avec des pulls boulochés, troués, et pourquoi pas tachés. Fan du *Père Noël est une ordure* ? C'est l'occasion de porter un gilet serpillière ! De manière générale, ne portez jamais rien qui puisse vous mettre en valeur : le jogging trop grand est votre nouvel allié !

Le make-up

Commencez par l'application d'un fond de teint plus clair de 2, voire 3 teintes que votre carnation naturelle.

Étalez un soupçon de fard à paupière bleu sous vos yeux pour créer un effet cernes profonde. Trempez votre doigt dans un peu de blanc d'œuf et enduisez-en vos lèvres : en séchant, le blanc d'œuf se durcira et se fendillera pour créer un effet gercé d'un niveau 9/10 sur l'échelle de la craquelure.

Appliquez le vernis à ongles de votre choix, puis grattez-le pour lui apporter un côté écaillé.

La coiffure

Si vous avez les cheveux colorés, ne vous teignez plus les racines ! Lustrez-les avec un soupçon d'huile pour leur apporter un effet « je ne me lave plus ». Vous pouvez également parsemer du sucre en poudre sur votre chevelure et vos épaules pour le détail pellicules.

Bien, vous avez à présent le look d'une personne fatiguée qui s'en bat les steaks de son aspect. C'est bien, mais ce n'est pas suffisant : être sale et déglinguée n'est pas forcément synonyme de dépression mais bien souvent de lendemains de soirées ! Il va vous falloir utiliser vos talents de comédienne pour peaufiner votre personnage !**

Allez, accrochez-vous : des vacances de plusieurs semaines sont à la clé !

L'attitude

L'un des points primordiaux est de **ne jamais rire !** Si un collègue dit quelque chose de drôle, mordez-vous fermement la langue... **Si les larmes vous en viennent aux yeux c'est encore mieux !**

Frottez un oignon sur votre clavier pour avoir **toujours l'air de pleurer** lorsque vous travaillez sur votre ordi.

Trouvez-vous un tic : vous gratter frénétiquement l'avant-bras dès que vous prenez la parole peut convenir. Vous mettre en position fœtale par terre quand quelqu'un vous pose une question aussi.

Arrangez-vous pour que des collègues vous surprennent plusieurs fois **inerte, allongée en étoile sur la table de la salle de repos, avec un critérium dans chaque narine.**

Enfin, faites en sorte que votre patron vous intercepte en train de manger des boulettes de sa corbeille à papier et répondez-lui que « **la poussière retourne à l'état de bois fondu lorsqu'elle joue de la clarinette indienne** » quand il vous demandera ce que vous faites.

En suivant ce plan à la lettre, vous serez mise en congé en moins de deux ! Plus vous jouerez sur les clichés de la dépression et moins vos collègues pourront soupçonner que vous auriez pu élaborer un plan aussi grotesque ! Plus c'est gros, mieux c'est !

Le coup de cœur : le nail art michto !

Voici un superbe nail art sur le thème « michto ». On le sait, une mitchtoneuse est une femme qui cherche à être entretenue par un homme riche, alors on s'amuse avec les codes *so michto* : des dollars, des cartes de crédit, des bijoux, des vêtements, et surtout... un gros pigeon !

Effet volume glamour
ultra curly sexy chic !!

GEMET
MAYDEBILE©
SARTROUVILLE
Sublimez votre regard
en le coiffant à l'extrême!
LE PREMIER MASCARA
QUI COURBE ET ALLONGE
LE CIL À 890%
APPLICATION
INNOVANTE
ET GAINANTE
EN 20 COUCHES
SUPERPOSÉES !
Brosse maxi size pour un enrobage
jusqu'à la pointe

COMMENT SE DÉBARASSER DES « PRINCES » DE RUE ?

Vous vous faites héler en pleine rue par un « prince » tombé sous le charme de votre être. **Ravie d'être sifflée comme un chien, vous continuez tout de même votre route... Un « prince » de cette lignée mérite certainement mieux que vous ! Vous l'entendez néanmoins vous suivre alors que vous ne lui avez manifesté aucune attention : il s'agit sans doute d'un énième voyant qui lit l'avenir dans les boules... Un regard sur le vôtre et ce dernier a compris que vous étiez son âme sœur ! N'est-ce pas romantique ? Il vous déclame alors sa flamme au travers d'un mélodieux « Hey mamoizelle ! Hey ! Sérieux ! T'es trop fraîche ! Vas-y donne ton 06 ! »... Fatiguée des princes foireux des rues ? Voici quelques astuces pour les éloigner le plus rapidement possible !**

1. Levez vos bras perpendiculairement au sol. Tournez sur vous- même. Tirez la langue au maximum. Louchez. Émettez un son du type « AAaaaaaAAshgaaaaaAAAAMuuuuuuuuuuuuuuwAAhh!! ». Effectuez cette manœuvre le temps nécessaire, jusqu'à ce que l'individu s'en aille choqué ou, s'il reste figé de peur, éloignez-vous en mimant l'envol d'un albatros.

2. Mettez-vous à inspirer et expirer d'un souffle rauque et très bruyant. N'hésitez pas à ravaler votre salive bruyamment et à laisser pendre un filet de bave. Enfoncez-vous un doigt dans le nez et répétez à plusieurs reprises « caca culotte, caca culotte ». L'individu indésirable quitte les lieux en moins d'une minute en moyenne (technique testée sur un panel de 200 femmes).

3. Ayez toujours à portée de main une bille de fumée de magicien à claquer par terre pour disparaître. Certes, il vous verra courir à travers la fumée, mais la *cheaperie* de votre tour de passe-passe ne lui donnera plus envie de vous draguer.

4. Promenez-vous toujours avec une hache à la main.

5. Sortez votre enceinte portative de votre sac à main et mettez en route l'instru de *Papillon de lumière*. Chantez très fort les paroles en le fixant.

Dans le sac des stars !

Ce mois-ci, c'est le clan le plus médiatisé au monde qui se prête au jeu. Sous l'œil de notre journaliste, les Kimye nous détaillent et commentent le contenu de leur sac à main. Allons de ce pas voir ce que cache leur besace !

Dans le sac de Kim Kardashiante

• J'adore les **grands sacs dans lesquels je peux ranger Sud Ouest**, ma fille adorée, pour avoir les mains libres afin de faire des selfies et du shopping.
• Je garde également une **gaine de rechange**, au cas où la mienne craque.
• Je ne sors jamais sans une seringue de botox en cas de « **petit creux** » ;)

Dans le sac de Kanye Ouest

• Tu y trouveras **les meilleurs albums du millénaire**, c'est-à-dire tous les miens. Normal, je suis le meilleur musicien de tout les temps. **Je suis un putain de dieu**, note ça dans ton article !
• Je ne sors jamais sans **mon miroir et des photos de moi**. Les photos, c'est pour pouvoir admirer la perfection.
• Je t'ai déjà dit que je suis **le meilleur de tout les temps** ?! Oui ? C'est pas grave, je te le redis.
• J'ai aussi une **laque pour visage**. C'est génial, je m'en asperge plusieurs fois par jour pour figer mes traits. Ainsi, je n'ai plus aucune expression faciale. C'est mon *must have* depuis des années.
• Au fait, **JE SUIS DIEU ! NOTE ÇA OK ?!**

Dans le sac de Kim Jong-un

• Côté beauté, je garde toujours près de moi **ma tondeuse de poche** pour avoir une coupe au bol parfaite au cheveu près.
• J'ai aussi un peu de **poudre matifiante pour éviter de briller** lorsque je fais mes discours. On peut être un dictateur et rester coquet, hihi !
• Mon sac, c'est **mon petit univers** : on y trouve ma petite **peluche de licorne pailletée**, des **bonbons**, du **parfum à la vanille** et le bouton qui me permet de **déclencher une attaque nucléaire sur l'Occident** ! #YOLO

Rencontre émouvante avec
CÉLINE FION

Céline Fion, chanteuse à voix, mère de famille, philanthrope philatéliste et icône mondiale, nous ouvre en toute simplicité les portes de son château californien.

Icônne : Bonjour Céline, nous sommes vraiment honorés de vous rencontrer !
Céline Fion : …

I. : Où en êtes-vous dans votre vie Céline ? Vous semblez tellement épanouie !
Céline fixe une mouche au plafond.
C. : …

I. : Hum... Ça va ? Vous désirez quelque chose à boire avant de commencer l'interview ?
C. : …

I. : Vous ne voulez pas nous parler ?
Céline sort une feuille et dessine un mouton qui porte des sabots en bois lumineux sur le toit d'un immeuble dont sortent des pélicans en cuissardes.

I. : Je ne comprends pas où vous voulez en venir...
Son manager vient nous chuchoter à l'oreille que Céline ne parle pas depuis 3 semaines pour préserver sa voix. Elle ne s'exprimera que par dessin ou langage des signes.

I. : Ah !… bien… essayons en langage des signes, alors… Votre tournée à Las Vegas vous plaît-elle toujours autant ?
Céline mime une descente d'escalier suivi de la danse des canards. Un malaise se crée.

I. : Bien… Hum… Céline, votre prochain album est une véritable confession où vous dites tout sur votre mari, vos enfants, votre maman… Vous vous livrez littéralement à vos fans. Pourquoi avoir ressenti ce besoin de tout dévoiler de vous ?
Céline regarde son Facebook. Elle like une photo avec des chatons sur une planche de surf miniature.

I. : …
Elle esquisse un sourire attendri devant la vidéo d'un singe qui jette ses excréments sur un touriste chinois.

I. : Bon, ben je propose qu'on joue au roi du silence ?
C. : …

I. : …
C. : …

I. : Bon, c'est chiant, vous gagnez, Céline. Autre chose à dire ?
Céline fait un doigt d'honneur avant de se retirer.

I. : Merci Céline.

• • •

Flop !

Cara Delavignasse défile une fois de plus complètement bourrée !

Réputée dans le milieu de la mode pour vider des litres de vin rouge en cachette dans les backstages, cette fois-ci, c'est sur le podium de la fashion week de Londres que Cara a sévi ! Pas sûr que les créateurs continuent de trouver sa démarche chancelante *so fashion* ! En effet, la gerbe qu'elle a déposé aux pieds de Karl Lagueulefaire (et nous ne parlons pas de fleurs) va sans doute en refroidir plus d'un !

La question coquine posée aux lectrices : qu'est ce qui l'excite au lit ?

Morgane : J'aime qu'on se parle pendant l'acte. Je trouve ça très stimulant ! Du coup, je lui raconte ma journée. Je lui confie mes petits tracas avec Sylvie notre RH, la fuite d'eau de la voisine du 4ᵉ, les problèmes de circulation veineuse de mon père… Ça l'air de lui plaire aussi ! À chaque fois il enfouit violemment sa tête sous l'oreiller comme si il ne pouvait contenir son excitation !

Chloé : Je crois qu'il aime les jeux de rôles puisqu'à chaque fois qu'il atteint l'orgasme il crie le prénom d'une fille que je ne connais pas sans s'en rendre compte ! C'est original, non ?

Ursula : La seule chose qui arrive à l'exciter au lit : du Viagra.

Sophie : Ça peut vous surprendre, mais il est excité quand je le gonfle ! Et aussi, il peut passer des heures à me contempler sans se lasser. Oui, bon, en fait, mon mec est une poupée gonflable...

Lucille : Mon mec m'a dit qu'il aimerait bien tester la nécrophilie ! J'aime lui faire plaisir du coup, on va se planifier un super petit meurtre romantique dans les jours qui viennent ! Ça va être tip top ! J'espère qu'on pourra recommencer plein de fois !

Imogène : C'est étrange, mais je ne séduis que des hommes qui ont une obsession avec les sacs en papier ou les cagoules ! À chaque fois, ils m'en mettent sur la tête avant de passer à l'acte !

Marjolaine : Il est très excité par ma lingerie sexy ! Je l'ai surpris plus d'une fois en train de se contempler portant mes strings et mes soutien-gorge… Je devrais peut-être lui dire pour qu'on en discute.

Claude : Il aime varier les plaisirs… Du coup je suis cocue.

Hot & pratique !

La position de la cuillère, la position préférée des Français à 98 % !

Un récent sondage Pipesauce révèle que la position préférée des Français est la plus simple qui soit : **la cuillère** ! L'explication est simple : *Avec l'avènement des technologies sur smartphones et tablettes tactiles, on ne fait plus rien sans être connecté ! Il en a va de même lorsque nous faisons l'amour*, selon le sexologue Joseph Melamoi.Cette position serait donc **la plus agréable et la plus pratique** pour les partenaires en ébat afin de **consulter leurs appareils respectifs**.

Vive le sexe 2.0 !

5 LIEUX INSOLITES POUR FAIRE L'AMOUR

→ **Dans une chambre froide :** pour le grand frisson.

→ **Au zoo :** pour rugir de plaisir dans la fosse aux lions, ou retrouver son côté primate dans la cage aux bonobos.

→ **Sur une plaque de cuisson :** pour réchauffer l'ambiance. Attention à ne pas allumer les plaques par inadvertance... Vous risqueriez de vous retrouver avec le feu aux fesses pour de vrai !

→ **Dans le lit des parents :** puisez l'énergie du lit où votre chéri à été conçu. Une sorte d'« inception » du sexe, un véritable retour aux sources.

→ **Dans une piscine à boules :** quelle situation cocasse que de batifoler dans une piscine à boules tout en jouant avec les siennes !

15 CHOSES qu'une femme doit être ou avoir... Selon Érick Zamour

1 — Être dans la ***cuisine****.*

2 — Non, je plaisante, bien sûr. Être dans la cuisine, mais aussi dans toutes les autres pièces de la maison pour ***faire le ménage*** *!*

3 — ***Ne jamais me contredire****. D'ailleurs, ne jamais avoir d'opinion sur rien, la mienne devrait lui suffire.*

4— Qu'elle gagne ***30 % de moins que moi*** *au minimum.*

5 — Non, je plaisante ! Elle ne doit ***pas travailler****.*

6 — Qu'elle sache ***accoucher seule et en silence****, afin de ne pas me déranger quand je lis le journal.*

7 — Qu'elle ne fasse ***que des fils****.*

8— Qu'elle ait un dressing constitué de ***robes à manches longues*** *qui lui arrivent à la cheville avec ceinture de chasteté intégrée*

9— Qu'elle ressemble à ***maman****.*

10— Qu'elle ***s'occupe des enfants*** *sans venir m'importuner avec les insignifiances de leur quotidien.*

11— Qu'elle m'attende le soir quand je rentre du travail ***avec mes pantoufles et un verre de vin****.*

12— Qu'elle ***refuse d'aller voter****, car ce « droit » n'est qu'une oppression sur sa faible nature et un pouvoir bien trop puissant pour ses frêles épaules.*

13— Qu'elle ***accomplisse sans rechigner son devoir conjugal*** *et qu'elle n'espère même pas avoir un orgasme, c'est pour les filles de mauvaise vie.*

14— Qu'elle ***obéisse****, qu'elle sache* ***faire la belle****, que je puisse la sortir quand je veux et qu'elle mange ses croquettes sans râler.*

15— Au final, il vaudrait mieux qu'elle soit ***un homme****, parce que* ***je déteste les femmes****.*

Propos recueillis par Adélaïde Bouchard, partie se saoûler pour oublier qu'on a encore autant de gros misogynes en France aujourd'hui.

CHRISTINE AND THE CAFÉÏNE
En tournée dans ta cuisine
tous les matins à 7h

Chère presse féminine,

Sache que ce n'est pas parce que je te parodie que je te déteste.

Tu me fais rêver, voyager, sourire et pourtant tu m'agaces systématiquement chaque fois que je te tiens entre mes mains ! Comment ton contenu peut il être aussi riche et devenir tellement creux au verso d'une même page ? Tu me séduis lorsque tu te revendiques féministe, que tu me fais découvrir des reportages sur la condition de la femme aux quatre coins du monde, quand tu abordes l'écologie, que tu fais la promotion d'artistes talentueux ou que tu me parles de choses plus légères comme de la mode, des soins du corps, de voyages … mais bon sang de bonsoir (comme disent les jeunes nés en 1920) qu'est-ce que tu peux m'énerver lorsque tu te plies aux stéréotypes des critères de beauté que nous impose la société ! (Je te l'accorde, cette phrase est totalement cliché mais résume parfaitement la situation, donc n'hésite pas à la relire une deuxième fois avec une intonation théâtrale pour bien te la mettre en tête !) Tes pages mode/beauté n'affichent malheureusement que le même standard de nanas. Toi tu n'es pas fan d'Enrico Macias, ça se voit ! Pourtant rappelle-toi que « toutes les femmes sont belles ! » Montre-nous une palette plus riche et variée de physiques, bordel ! Tu nous dis de nous accepter telles que nous sommes, pourtant toi tu n'acceptes que des filles filiformes et majoritairement blanches dans tes pages ! Je les trouve très belles, bien sûr, mais moi je veux aussi voir des meufs noires, indiennes, asiatiques, arabes, je veux aussi voir des tailles et des formes différentes : des petites nanas aussi bien que des grandes, des hanches larges, des fesses rebondies, des petits seins, des moyens, des gros... Je veux aussi voir des femmes qui vivent pleinement leur féminité malgré leur handicap ! Alors secoue-toi ! Affiche notre diversité ! Tu sais, plus jeune, après t'avoir lu, je me sentais tout simplement mal, moche et difforme en te refermant … je ne ressemblais pas du tout aux mannequins que tu publiais. Veux-tu continuer à nous faire complexer ? Tu sais, la télévision et les pubs dans la rue s'en chargent déjà ! Allez ! Évolue ! Révolutionne tes rédactions et deviens enfin la féministe que tu prétends être!

Cœur avec les doigts,

Nathalie Odzierejko

MAKING ÔF

En exclu : quelques photos de shooting sans retouches !

Chez Chloé Bonnard, l'ambiance du shooting de la couv' est relax : on prend les photos entre diverses dégustations de rondelles de saucisson !

Le métier de Yoan Perez : rendre les gens beaux !

Y a des matins comme ça...

Kitty se régale d'un gourmand et raffiné coeur en cassoulet ! Rien n'est trop beau pour cette petite princesse. Love is in the flageolet !

«Les folles aux chiens ! » by Vanessa Guide & Natoo

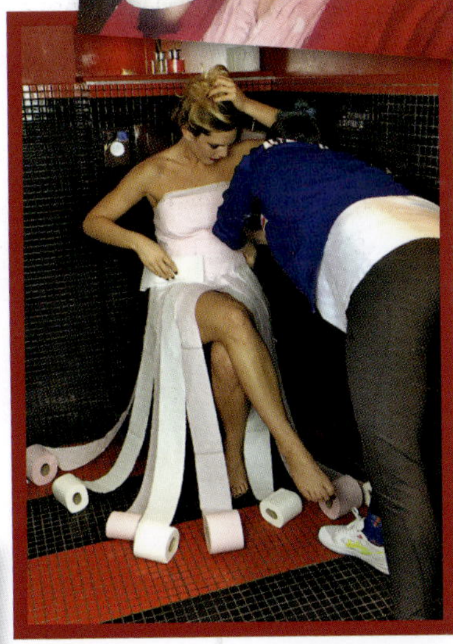

Styliste sur PQ, un métier d'avenir

Lucille et Natoo qui se rendent compte qu'elles viennent de shooter la dernière photo du livre !

3 des personnes présentes sur cette photo ne portent pas de faux cils. Saurez-vous les retrouver ?

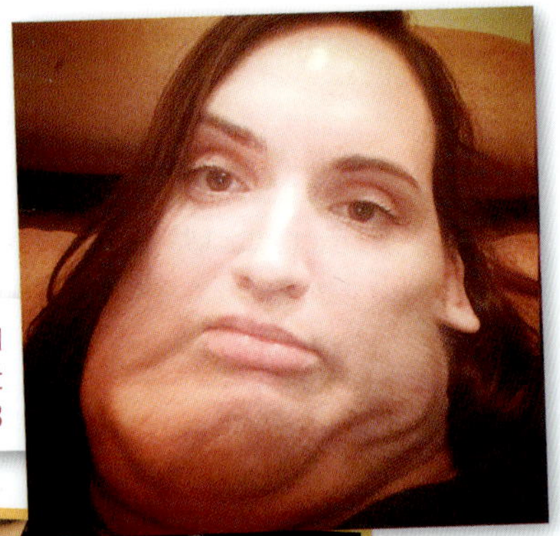

Natoo qui se rend compte qu'elle n'a écrit que 12 pages sur 128

Petite retouche make-up des boobies

Joie et allégresse en shooting

REMERCIEMENTS

Merci à tous ceux qui m'ont permis de réaliser ce livre rempli de galéjades et de calembours !

Je me suis beaucoup amusée à jouer avec les codes de la presse féminine et je suis très fière que vous ayez entre vos mains mon premier livre !... Mais pour être tout à fait honnête, ça n'a pas été qu'une grande partie de rigolade ; ça a aussi été une montagne de boulot himalayesque qui m'a écrasé la tronche durant plus de 9 mois (tiens, comme une grossesse, dis donc ! J'accouche donc d'un livre finalement... euh... non ! On oublie ! La vision qui me traverse l'esprit est très sale. En plus le papier ça coupe... bon, j'arrête !)

Voici donc toutes les personnes qui ont contribué à l'élaboration de ce livre et que je me dois de remercier autant de fois qu'il y a d'étoiles dans le ciel (quand il est dégagé, parce que sinon c'est pas foufou).

Un grand merci à Guillaume Talavera et Claude Combacau en premier lieu. Guillaume, tu m'as apporté beaucoup d'idées fraîches et originales en relisant mes textes. Ça a été très important d'avoir ton regard sur les multiples bêtises que j'ai pu écrire. Et surtout, merci de m'avoir contactée pour me proposer de publier un livre. Je ne sais pas si de moi-même j'aurais eu la prétention de le faire. Merci pour cette confiance que tu m'as accordée et que tu as transmise à la maison d'édition. Merci pour cette carte blanche que j'ai eu en main grâce à toi. Il faut avouer que cette carte est quand même plus stylée qu'une carte de fidélité Carrefour ou Auchan !

Claude (je précise qu'il s'agit d'une jeune femme et qu'on ne choisit pas son prénom de naissance, ne jugez pas), ton œil de licorne magique a parfaitement su capter ce que je voulais esthétiquement ! Sache que je ne compare que les gens que j'apprécie énormément à des licornes, c'est pour dire !

Merci pour ta patience et ton travail oufissime qui t'ont valu de nombreuses heures sup au bureau ! Bisou sur tes sabots.

Merci à Marc Jarousseau, dit Kemar, pour m'avoir supporté et remonté le moral lorsque je pleurnichais, affalée dans le canapé qu' « il me reste encore 70 photos à shooteeeeeeeer ! JE VEUX DÉCÉDER ! AAAAAAaaaaaahhhhhh ! ». Et merci pour les idées perchées que tu as ajoutées dans mes pages. J'aime ton cerveau fou.

Merci à ma maman qui me supporte depuis le jour où je suis

sortie d'elle (#poésie). Merci de m'avoir aidée à fabriquer certains des accessoires WTF qui ont servi aux photos (comme un collier de choux de Bruxelles). Je suis désolée d'avoir utilisé ta photo à la page 120 pour te faire dire « la seule chose qui excite encore mon mari, c'est le Viagra ». Je sais qu'Alain n'a pas de problème d'érection... Ce moment devient gênant. Je t'embrasse fort.

Chloé Bonnard, Lucille Delabarre, Johann Lafon, je suppose que vous avez shooté les photos les plus chelou de votre vie. Merci d'avoir fait ça. Vraiment. (Johann, j'espère que ton fils ne gardera pas de séquelles du shooting Très Bad Trip et qu'il ne restera pas traumatisé par le souvenir de mon visage).

Melissa Pedretti, tes illus déchirent tout. Je suis fière d'avoir ton coup de crayon dans mon livre ! (Tes illus aussi elles déchirent tout Claude, sois pas jalouse ah ouech.)

Merci aux maquilleurs, Marjolaine Vialle, Yoan Perez, Jeremie Chegrane, Enzo Fournier et Catherine Bloquère d'avoir pimpé mon faciès moyen.

Et merci Photoshop aussi. Enfin plutôt les retoucheurs parce que Photoshop tout seul, il fait rien. C'est nul. Donc merci à Flore-Anne Roth et Anthony d'avoir bossé sur mes pores dilatés et mon corps flasque.

Merci Morgane Bellefet (de Léon Rose Magma) de m'avoir trouvé une tenue parfaitement stylée pour la couverture ! Sans toi, ça aurait encore fini en combinaison licorne, cette histoire...

Merci également aux différents responsables qui m'ont permis de shooter dans leurs locaux : le Vice Versa Hotel pour le shoot mode DIY, Lorenzo Benedetti pour les locaux du Studio Bagel, Adrien Labastire pour les bureaux du Golden Moustache, Fabrice Florent pour la rédac de Madmoizelle.com, Mixicom pour le décor de Cyprien gaming et ses fonds verts, et Michel Lafon pour les photos prises au sein de la maison d'édition.

Un grand merci à tous mes potes artistes dont j'admire le travail et qui sont venus participer à ce projet au travers d'une photo clin d'œil ! Merci de vous être prêtés au jeu ! Chaque séance photo a été un réel plaisir. Je suis honorée d'avoir la bouille de chacun d'entre vous dans cet ensemble de feuilles de papier qu'on appelle « livre » :

Adrien Menielle (p. 48), Akim Omiri (p. 77), Alison Wheeler (p. 44), Andy Raconte (p. 78), Aude Gaugny Goubert (pp. 95-96), Audrey Pirault (p. 38), Baptiste Lorber (p. 89), Christine Berrou (p. 19), Cyprien (p. 93), Daphné Thavaud (p. 6), David Bonnefoi (pp. 68-69), Delphine Baril (p. 8), Éléonore Coste (pp. 94, 97), Enjoyphoenix (p. 27), Flober (p. 23), Gaël Mectoob (pp. 31, 89), Gregory Guillotin (pp. 6, 31), Jérémie Dethelot (pp. 52-54), Jérôme Niel (p. 77), Jhon Rachid (pp. 62-63), Julien Josselin (p. 6), Julien Pestel (p. 31), Juliette Tresanini (p. 38), Kemar (pp. 36, 81, 88, 91, 98, 107, 121), Kenza Sadoun-El Glaoui (p. 18), Kevin Razy (p. 111), Léa Camilleri (pp. 52-54, 67), Ludovik (pp. 6, 44), Marion Seclin (p. 65), Marjorie Le Noan (p. 38), Mister V (p. 77), Monsieur Poulpe (p. 73), Norman Thavaud (pp. 62-63), Sophie Riche (p. 23), Squeezie (p. 93), Sweetie (p. 93), Vanessa Brias (en Imogène p. 122), Vanessa Guide (p. 21), Vincent Tirel (pp. 52-54).

Et merci à la maison d'édition Privé qui a accepté de publier ce bouquin ! Grâce à vous, je vais pouvoir contrôler le monde entier ! Oui, car j'ai planqué des puces émettrices d'ondes dans chaque tranche de livre ! Mouhahahahh !... Ceci était un délire schizophrénique provoqué par l'accumulation de travail dû au livre. Pardon.

Une fois encore, merci à tous ! Amour.

CRÉDITS

PHOTOS

Chloé Bonnard : pp. 1, 13, 26, 50-51, 98
Charlotte Abramow : p. 5
Lucille Delabarre : pp. 8, 11, 19, 21, 24-25, 35, 44, 52-54, 61, 62-63, 65-67, 68-69, 76-77, 84-85, 93, 94-97, 111, 117-115, 118, 121, 123
Johann Lafon : pp. 31, 36-37, 38, 88, 107
Alex Mahieu : pp. 82-83

ILLUSTRATIONS

Sophie Lambda/Mélissa Pedretti : pp. 6, 12, 15, 17, 19, 22-23, 32-33, 47, 63, 70-71, 72, 106, 116
Catsass/Claude Combacau : pp. 74-75, 108, 122

MAQUILLAGE

Marjolaine Vialle : pp. 1, 5, 13, 26, 50-51, 82-83, 98
Yoan Perez : pp. 31, 23-37, 65-66, 88, 107, 114-115
Annaëlle Trogno : p. 38

Jérémie Chegrane : pp. 11, 61, 67, 118
Catherine Bloquère : pp. 68-69
Enzo Fournier : pp. 76, 84-85
Christophe Pizetta : p. 79 (photo vieillie)

STYLISME
Étienne Janson : pp. 24 (body et chapeau du look casual), 119

PHOTOS DE COUVERTURE (1e et 4e) :
Photo : Chloé Bonnard
Maquillage : Marjolaine Vialle
Stylisme (1e de couverture) : Léon Rose Magma
Top : Clarisse Hieraix
Jupe : LN Family
Lingerie : Princesse TamTam
Col : LÉON ROSE MAGMA
Bijoux : Argument

ASSISTANT PHOTO
Ludo Beck : pp. 11, 61, 118, 121,123

RETOUCHE PHOTO
Anthony Passant : pp. 31, 36-37, 76-77, 84-85, 88, 107
Flore-Anne Roth : pp. 1, 13, 26, 50-51,98

SHUTTERSTOCK :
p. 6 : © PeterPhoto123 ; p. 7 : © crystal51, © Picsfive, © Igor Lateci ; p. 9 : © Scorpp, © Jagodka ; p. 10 : © Sheftsoff Women Girls, © Africa Studio, © VictorH11, © ra-design, © Fablok, © Mikhail Abramov, © EM Arts, © Kim Reinick, © Vladimir Gjorgiev, © Fred Hendriks ; p. 11 : © Subbotina Anna, © Pandorabox, © Valua Vitaly, © Featureflash ; p. 12 : © Stefania Arca, © krsmanovic ; p. 14 : © K-i-T ; p. 17 : © Deyan Georgiev, © Kozachenko Oleksandr ; p. 18 : © pashabo p. 20 : © Ysbrand Cosijn ; p. 23 : © Nik Merkulov ; p. 25 : © John Kasawa, © PutilichD ; p. 28 : © wavebreakmedia ; p. 29 : © Goran Bogicevic, © Gromovataya, © Idiaphoto, © grynold, © Vucicevic Milos, © rvlsoft ; p. 30 : © connel ; © Sura Nualpradid, © Dashu, © andrey_l, © Viorel Sima ; p. 33 : © Nikolenko Roman ; p.34 : © Labrador Photo Video, © Photobac ; p. 35 : © StudioSmart ; pp. 36-37 : © Matthew Cole, © freesoulproduction, © belekekin ; p. 39 : © Jeanette Dietl, © SASIMOTO, © AlenKadr ; p. 40 : © fotorince ; p. 41 : © BLACKDAY ; p. 42 : © Alexandra Lande ; p. 43 : © visivastudio, © mexrix ; p. 45 : © Christian Draghici, © simonekesh, © aslysun, © R-O-M-A ; p. 46 : © ANURAK PONGPATIMET ; p. 48 : © Neirfy ; p. 49 : © mimagephotography, © andersphoto, © Hurst Photo, © Maks Narodenko, © JIANG HONGYAN, © Africa Studio, © INSAGO, © DenisNata ; p. 55 : © Zarya Maxim Alexandrovich ; p. 56 : © Denis Kuvaev, © warnsweet, © anshar, © Songquan Deng, © NorGal ; p. 57 : © Stuart Monk, © Lisa-Lisa, © Shackleford-Photography ; p. 58 : © holbox, © bikeriderlondon, © Baloncici, © Jeanne Provost, © Elena Elisseeva, © smuay, © William Perugini ; p. 59 : © Kobby Dagan, © vadim kozlovsky ; p. 60 : © Guryanov Andrey ; p. 61 : © Karuka ; p. 81 : © Featureflash ; pp. 84-85 : © Ti Santi ; p. 86 : © Rodin Anton, © 33333 ; p. 87 : © Valua Vitaly ; p. 91 : © igordabari, © sl_photo, © Iriana Shiyan ; p. 92 : © Horse Crazy, © Eugene Partyzan ; p. 100 : © Maria Starovoytova ; p. 101 : © Africa Studio, © Mallinka1 ; p. 103 : © carlosvelayos, © fdimeo, © Christopher Elwell ; p. 104 : © Ollyy ; p. 109 : © Fanfo ; p. 110 : © photolinc ; p. 112 : © Diego Cervo ; p. 113 : © Elnur ; p. 117 : © Morganka, © Studio DMM Photography, Designs & Art ; p. 120 : © Korionov ; p. 124 : © Africa Studio © song _ mi ; 3e de couverture : © Photosani, © AMA

DÉCORS :
Éditions Michel Lafon (pp. 52-54) ; Golden Moustache (pp. 94-97) ; Madmoizelle.com (p. 23), Mixicom (pp. 31, 36-37, 88, 107), Studio Bagel (pp. 1, 13, 44, 68-69, 89, 98) , Vice Versa Hôtel (pp. 65-67, 35)

Aucune licorne n'a été maltraitée durant la rédaction de ce livre. Nous aimerions pouvoir en dire autant de l'équipe.

Direction d'ouvrage : Guillaume Talavera
Direction artistique : Claude Combacau

Achevé d'imprimer par Corlet Imprimeur S.A - 14110 Condé-sur-Noireau
Dépot légal : Avril 2015 - N° d'impression : 173005
ISBN : 9782-35076-144-2